Manta

Manta

Yann Julien

© 2016, Yann Julien

Illustrations de couverture :
Bossi, *2009 04 19 - 4703 - Washington DC - Natural History Museum - Mackay Emerald and Diamond Necklace* – Flickr – CC BY-SA
Ed Uthman, *Emerald & Diamond Tiara* – Flickr – CC BY

ISBN : 979-10-92917-07-9

« Les convictions sont des ennemis de la vérité plus
dangereux que les mensonges »
Friedrich Nietzsche, *Humain, trop humain*

1

Les deux infirmières arpentaient les couloirs de l'hôpital Saint-Rémi, la plus jeune demanda :

— Qu'est-ce qu'il nous reste comme chambre à faire ?

— La numéro 8, nous devons faire le change du lit...

La suppression de différents postes dans l'hôpital et le manque chronique d'aides-soignants, en cause les arrêts maladies dus au surmenage encaissé quotidiennement, avaient entraîné un transfert de certaines tâches entre les catégories professionnelles hospitalières.

— ...Nos collègues de nuit sont déjà passés pour relever ses constantes. Nouveau patient, il est arrivé hier soir, lui répondit sa collègue. Tu es en quelle année déjà ?

— 1ère année, répondit l'élève infirmière. C'est mon deuxième stage.

— Tu étais où avant ?

— Néonatal avec les grands prématurés. Intéressant mais dur de voir ces petits bouts de chou qui doivent lutter pour survivre, alors qu'ils viennent tout juste de naître.

— Ah les bébés, dit l'infirmière titulaire d'un air pensif, j'ai fait mais je ne pourrais plus... Ce que j'aime dans ce métier, ce sont les échanges avec les patients – et les parents sont légitimement trop inquiets à mon goût.

Elles s'arrêtèrent devant une porte où figurait une pancarte « 5C – 008 » ; la plus âgée consulta une fiche, frappa sur le battant et ouvrit la porte.

A l'intérieur, le patient était assis sur le fauteuil hospitalier de la chambre, un casque audio sur la tête, un ordinateur portable posé sur une tablette aménagée par ses soins et semblait totalement absorbé par le jeu vidéo auquel il jouait ; il ne sembla pas remarquer la présence du personnel hospitalier.

— Nom, prénom et date de naissance ? demanda sèchement l'infirmière titulaire, tandis que la plus jeune observait.

— Pareil que ce qui est écrit sur ce bracelet, balança le jeune patient en tendant son bras « menotté » sans lâcher son écran des yeux, ni son clavier de sa main libre.

L'infirmière titulaire leva les sourcils, réaction épidermique à ces réponses de patient qu'elle aurait eu, même si elle avait dû affronter son regard en face.

— C'est pour prévenir les erreurs d'identité, poursuivit la stagiaire, pas encore lassée de se justifier et plutôt fière de donner une bonne réponse dans son stage.

Au son de cette nouvelle voix, sensiblement plus douce, le patient appuya sur la touche « espace » de son clavier et tandis que les animations sur son écran d'ordinateur cessaient, il daigna tourner la tête dans la direction des deux professionnelles de santé.

— Soler, Timothée, mais mes amis m'appellent Tim, répondit-il d'un air qui se voulait charmeur. 23 avril 1985.

— Monsieur Soler, appuya sans aucune chaleur dans la voix l'infirmière plus âgée, nous venons changer votre lit.

— Faites-donc, répondit Timothée, retournant à sa partie de jeu vidéo.

Les deux infirmières se regardèrent et se comprenaient sans mot dire : elles partageaient le même avis sur ce patient de la chambre n° 8…

— Il faut que tu montes le lit, conseilla l'aînée des femmes en blouse blanche à sa cadette en lui indiquant la télécommande ; il faut que tu préserves ton dos, sinon tu verras quand tu auras cinquante ans.

La stagiaire sourit, s'exécuta et le reste des tâches fut accompli en ignorant totalement la présence de Tim, le patient geek qui semblait doublé d'un *no life*…

Lorsqu'elles sortirent, juste après avoir fermé la porte elle ne put retenir ses mots :

— Alors, je croyais que tu étais venue ici pour dialoguer avec les patients ?

— Arrête, répondit-elle avec un mélange d'étonnement et de cynisme, j'ai eu plus d'échanges avec les bébés !

2

Tim avait joué tout l'après-midi à présent, les doigts un peu engourdis par ses longues parties, il venait juste de finir une *map* et en profitait pour s'étirer.

Cinq jours déjà qu'il était rentré à l'hôpital Saint-Rémi pour soigner les complications de l'incision d'un phlegmon péri-amygdalien : en gros, une très mauvaise angine… A présent il allait bien mieux et il était plus « retenu » pour surveillance, par le personnel médical et par cette perfusion du traitement antibiotique qui reliait ses veines à une poche suspendue de liquide médicamenteux.

Il jugeait qu'il serait bien mieux dehors même si ses compétences médicales se limitaient à la série *Dr House*.

Il consulta sa montre : son coup de fil datait d'une vingtaine de minutes. *Il* ne devrait plus tarder à présent.

On toqua à la porte et le battant s'ouvrit dans la foulée, laissant apparaître une infirmière, le regard sombre. A sa vue, Tim ne put masquer son étonnement à l'infirmière qui, surprise à son tour se sentit contrainte de justifier sa présence à sa porte :

— Alexandra, l'infirmière de jour.

— Timothée, le patient de la chambre, Tim pour les intimes, fit-il en échouant toujours à charmer.

Il est vraiment reloud celui-là, pensa Alexandra pour elle-même. Elle l'ignora et poursuivit sur le ton le plus posé et professionnel possible :

— Je sais, je suis l'infirmière qui est venue faire le change de votre lit hier.

— Ah… fit Tim sans exprimer la moindre gêne ni chercher si effectivement il s'agissait bien d'elle. Je vous avoue que je me souviens plus de votre jeune collègue. Elle n'est pas avec vous ?

— Non, répondit sèchement l'infirmière qui avait de plus en plus de mal à masquer son irritation et en profita pour exposer le but de la visite qui la forçait à être en présence du patient de la chambre n°8.

— J'ai ici quelqu'un qui vient vous rendre visite, poursuivit-elle. A ces mots, le visage du geek s'éclaira. Cette personne prétend venir vous livrer une pizza. C'est une blague j'espère ?

— C'est une quatre fromages ? Dans ce cas, c'est on ne peut plus sérieux, rétorqua fièrement le patient.

— Mais enfin, nous sommes dans un hôpital, on ne peut pas se faire livrer de pizza comme ça !

— Nous sommes toujours dans les horaires de visite, non ? Et les visiteurs ont bien le droit d'apporter des choses à manger aux patients ?

Devant une telle logique, Alexandra ne put que penser à l'heure où l'équipe de nuit viendrait la remplacer.

A ce moment, derrière elle, la voix d'un homme dans une tenue rouge portant le blason « Fast Piz' » se fit entendre :

— Alors, qu'est-ce que j'en fais de cette pizza ? Mon scooter est garé sur le trottoir, je veux pas payer une prune !

— Vous n'aviez qu'à le rentrer dans le hall et demander à ma collègue de l'accueil de vous le surveiller, ironisa Alexandra.

— On peut ? demanda naïvement Timothée, n'entrevoyant que le carton de la pizza, le livreur étant masqué par l'infirmière et le battant de la porte.

— Non, on ne peut pas non, répondit-elle à l'adresse de Tim, et avec la convalescence qu'implique le traitement de votre abcès, vous ne pouvez pas manger de pizza non plus.

A ces mots, le livreur partit en grommelant... Il prétexterait à son patron qu'il s'agissait d'un faux numéro et d'une fausse adresse : il n'avait qu'à savoir qu'on ne livrait pas de pizza en hôpital, lui n'était pas payé pour réfléchir à ce genre de considération.

— Si la nourriture de l'hôpital ne vous convient pas, vous pourrez vous adresser à la diététicienne du service qui se fera une joie d'en discuter avec vous, poursuivit Alexandra en rentrant dans la chambre et déplaçant des affaires afin de laisser libre un espace assez conséquent.

Tim la regarda étrangement. Elle remarqua son interrogation et y répondit :

— Vous allez avoir un voisin de chambre, commença-t-elle sans manquer d'observer sa réaction, un patient qui a été traité aux urgences pour une blessure et qui devrait aller au service traumatologie, mais ce dernier est surchargé. Je fais de la place car il viendra ici dans ce qu'on appelle un « lit-tampon », en attendant qu'une place se libère dans son service.

— Mais, balbutia Tim, c'est que… j'étais plutôt pas mal tout seul ici.

— C'est cinquante euros l'acceptation d'une chambre seule et avant que vous ne vous posiez la question, votre mutuelle ne couvre pas la chambre individuelle, acheva-t-elle triomphante sans trop le montrer toutefois.

— Ah…dans ce cas-là, dit Tim résigné. J'espère que ce ne sera pas un vieux ?

— Je ne sais pas, répondit Alexandra en quittant la pièce et en croisant mentalement les doigts pour que son futur coturne soit un vieil acariâtre.

Malheureusement, certains rêves ne se réalisent pas : aidée de la stagiaire, Alexandra poussait le lit sur lequel reposait le futur jeune compagnon de chambre de M. Timothée Soler, que ni l'une ni l'autre ne se résoudraient jamais à appeler « Tim ». Encore inconscient, le jeune homme avait une perfusion dans le bras gauche pour le réhydrater et le fournir en antibiotique, tandis qu'un drain à la hauteur de sa cuisse dépassait de sa chemise d'hôpital.

— Dis-donc, il est plutôt pas mal, dit la stagiaire en

souriant à l'attention de sa collègue.

— Mouais…répondit-elle. J'en ferais bien mon quatre heures, mais je te le laisse : trop jeune pour moi.

— C'est ça, comme ça tu pourras garder « Tiiiiim » pour toi toute seule, ironisa la plus jeune en accompagnant sa remarque d'un clin d'œil.

— C'est sûr qu'ils n'ont rien de commun. Allez courage, on y arrive.

Pour une fois, Tim ne jouait pas sur son ordinateur.
Il attendait.

La rumeur des roulettes précédait la venue de son compagnon de chambre et Tim l'attendait, ou plus exactement il appréhendait quel serait l'âge de celui-ci.

Lorsque la porte s'ouvrit, il aperçut d'abord la jeune stagiaire, souriante, qui lui annonça la bonne nouvelle :

— Vous avez de la chance M. Soler, votre voisin est plutôt jeune, malgré tout ce qu'a fait ma collègue pour l'échanger avec une personne bien plus âgée.

Amusé – et charmé – par ce trait d'humour, Tim sourit, sans se rendre compte que si le ton employé était humoristique, le sens de la phrase lui était on ne peut plus sérieux…

Le nouveau patient de la chambre « 5C – 008 » sortit progressivement du sommeil artificiel dans lequel il avait été placé quelques heures auparavant suite à son opération à la jambe. Dans un mélange de somnolence et douleur, il s'appuya péniblement sur un coude et embrassa la chambre d'un regard encore brouillé par les effets de l'anesthésiant.

Il était allongé dans un lit, que jouxtait un autre couchage, vide, qui se trouvait à côté d'un fauteuil où se trouvait un jeune homme, de son âge environ, qui semblait pianoter sur un clavier d'ordinateur portable dont l'écran diffusait des vidéos de couleurs vives ; ce voisin de chambre se retourna, lui sourit et malgré sa vue embrumée, il s'aperçut qu'il avait des traits qui respiraient la mollesse tant de corps que d'esprit.

— Ah te voilà réveillé, dit Tim à haute voix. Tu t'appelles comment ? Moi c'est Timothée, alias Tim.

— Ça fait combien de temps que je suis endormi ? demanda le blessé d'une voix engourdie en regardant son corps et apercevant les perfusions qui l'alimentaient ainsi que le drain posé à sa blessure à la cuisse.

Puis se rappelant la question qui lui avait été posée :

— Bruno, je m'appelle Bruno.

Tim fit un geste de la tête montrant qu'il avait noté son prénom.

— Ça en fait des tuyaux qui nous relient, remarqua-t-il à propos de leurs perfusions respectives.

Bruno opina poliment.

— Même elle, poursuivit Tim en désignant son ordinateur du menton, elle est sans fil.

— Elle ? s'étonna Bruno qui n'osait penser que son voisin parlait d'un ordinateur.

— Rosetta, répondit fièrement Timothée, mon PC de *gamer*, une vraie bombe, configuration maison !

Ce dernier argument devait être l'argument irréfutable de sa démonstration puisqu'il le ponctua d'un clin d'œil.

Bruno parvint à s'assoir avec difficulté, sa jambe le lançait, mais il fallait qu'il sorte de cette chambre.

Un bon sédatif, un avis médical favorable et il devrait pouvoir être dehors.

— Ah et pour répondre à ta question, lança Tim, tu as dormi environ trois heures.

Bruno grimaça pour toute réponse et évalua la douleur localement en posant la main sur sa cuisse.

— Tu t'es fait ça comment ? demanda Tim en montrant le drain.

Le blessé marqua un silence, comme s'il cherchait la cause dans sa tête et finit par répondre :

— En escaladant un grillage pour aller jouer dans un stade de foot. Dur de trouver un stade ouvert à tous dans certaines villes.

— C'est bien pour ça que je ne joue qu'à *FIFA 16* ; à part une luxation du pouce, je ne crains pas grand-chose.

Joignant le geste à la parole, Tim se retourna vers « Rosetta » dont l'écran était rempli du vert du terrain de foot numérique et des vingt-deux joueurs virtuels.

Bruno ne pensait qu'à une chose : il devait être dehors le plus rapidement possible.

3

Lorsqu'il émergea le surlendemain matin, après la journée précédente entrecoupée de douleur, somnolence et *shoot* aux cocktails médicamenteux, Bruno resta les yeux mi-clos, évitant ainsi de croiser le regard de son voisin de chambre.

La proximité de Tim – puisqu'il répétait à qui voulait l'entendre qu'il fallait l'appeler ainsi – devenait intrusive et sa propension à l'envahissement était proportionnelle à son manque de discernement sur l'absence d'affinités évidente entre eux.

Bruno tenta de bander le muscle de sa cuisse : la douleur l'irradiait encore (l'arrêt des antalgiques devait certainement y être pour quelque chose), mais elle allait en s'amenuisant. Il espérait être rapidement sur pied et s'il le fallait, il sortirait contre l'avis des médecins.

Même si je regretterai la visite des infirmières…, songea-t-il, un début de sourire s'affichant sur ses lèvres.

Il dort encore !! Une vraie marmotte ! pensa Timothée.

Son opinion vis-à-vis de son voisin était mitigée : si au départ la présence d'un autre patient dans *sa* chambre ne l'enchantait guère, par la suite il avait espéré se lier d'amitié, discuter…mais apparemment, le jeune homme semblait insensible à ses tentatives répétées pour amorcer un dialogue durable.

Pire encore, les infirmières, qui se comportaient en véritable harpies avec lui, se dévoilaient d'une affabilité sans borne avec Bruno.

Etait-ce parce que ce dernier était un beau brun aux traits réguliers, peau mate, avec les cheveux de jais –

couleur la plus commune au passage ! –, un sourire certes généreux mais lui non plus ne manquait pas de charme. Et puis si ces infirmières ne réduisaient la personnalité qu'au physique, elles lui confirmaient toute la futilité qu'il pensait d'elles.

Tim allait pourtant tenter une dernière fois de nouer un contact amical.

Bruno entendit soudain une voix qui le sortit de ses pensées ; il s'étonna de trouver Tim, face à lui, serviette de toilette et téléphone à la main.

Ce dernier s'aperçut qu'il n'avait pas compris ce qu'il venait de lui dire :

— Je disais « Je vais prendre une douche, avec ma *playlist* spéciale films des années 80. *Yippie ki-yay, motherfucker* ! » répéta Tim.

Cette réplique éberlua encore plus son voisin.

— *Yippie ki-yay, motherfucker* ! insista-t-il.

— Oui…et ? demanda Bruno irrité.

— C'est la *catchphrase* de Bruce Willis dans les *Die Hard*, c'est culte comme réplique !

Bruno feignit de saisir l'intérêt de la référence tandis que Tim, après avoir haussé les épaules, fila prendre sa douche.

Une fois propre et presque sec, Tim rentra dans la chambre, fredonnant la célèbre chanson *Ghostbusters*, interprétée par Ray Parker Jr, et se disant que *ça au moins c'était de la musique !*

Il trouva Bruno allongé, les yeux fermés – comme à son habitude – et décida qu'à présent il n'en ferait plus cas.

Il était temps de revenir aux vrais échanges : il démarra son ordinateur et se connecta sur le jeu où il retrouvait des *gamers* de la planète toute entière.

Lorsque les infirmières frappèrent à la porte de la chambre « 5C – 008 », elles eurent droit à un : « 'Trez ! »

lancé par Timothée et pénétrèrent dans la pièce.

Alexandra ayant déjà eu l'occasion de s'appliquer aux soins du « beau patient de la 8 », elle laissa volontiers sa collègue stagiaire s'occuper de lui ; lorsqu'elle s'en approcha, elle l'appela, tapota délicatement sa joue, mais il n'eut aucune réaction.

Elle lui prit l'intérieur de son poignet afin de tâter son pouls : elle découvrit qu'il y figurait un tatouage inquiétant représentant une raie, ce poisson gigantesque peuplant les eaux tropicales.

Mais de pulsations, elle n'en trouva point.

— Merde, je ne sens pas son pouls, s'inquiéta la stagiaire à l'adresse de sa collègue, occupée – et agacée – par Tim.

La stagiaire observa la poitrine de son patient : elle ne se soulevait pas ; paniquée, l'infirmière en devenir approcha ses lèvres de celles de Bruno.

— Eh bien, tu t'ennuies pas…la railla Alexandra.

— Arrête, je ne sens rien, il ne respire plus, viens vite !

Alexandra laissa – de bon gré – Tim à son sort, prit le chariot utilisé pour relever toutes les constantes et glissa l'extrémité de l'index de Bruno dans l'oxymètre de pouls.

— Allez allez allez, encouragea Alexandra, pour le patient comme pour elle-même.

Elle observa la même absence des autres signes vitaux.

Bruno, ce jeune patient rentré avant-hier aux urgences et dont la santé allait s'améliorant, venait de mourir.

4

Alexandra envoya sa collègue chercher le chef du service et donna des ordres aux aides-soignantes à l'extérieur depuis la chambre ; voyant toute cette agitation, Tim finit par demander :

— Il se passe quelque chose ?

— Il se passe que ce patient est décédé, fit-elle excédée et continuant d'officier à la tâche.

— Quoi ? Ça veut dire que ça fait une heure que je partage la chambre d'un cadavre !

— Et il va vous tenir compagnie encore un peu de temps, ça vous fera pas de mal !

Cette dernière remarque était tout sauf professionnelle mais elle lui permit d'extérioriser sa tristesse et d'exprimer son ressenti face à l'égoïsme de ce patient et la répulsion qu'il lui inspirait.

Une demi-heure plus tard, Alexandra et une collègue que Tim n'avait vu qu'en équipe de nuit rentrèrent dans la chambre, transportant un étrange assortiment de « planches » de couleur blanche.

Les deux infirmières déplièrent un paravent et le disposèrent tout autour du lit, où Bruno se reposait d'un sommeil sans fin, ajustant les battants pour préserver une dernière fois son intimité. Alexandra, toujours sous le coup de la colère, croisa le regard de Timothée : il avait un regard qu'elle ne lui avait jamais vu ; elle aurait préféré détourner la tête, mais cette nouvelle expression la força à encourager le jeune patient à parler.

Tim avait le visage blême, il semblait chercher ses mots et enfin commença :

— Je ne comprends pas, il avait l'air d'aller bien avant que j'aille prendre ma douche et quand je suis revenu, il…

Son temps de pause s'éternisa, les deux infirmières le regardaient et au moment où la collègue de l'équipe de nuit allait intervenir, il reprit d'une voix quasi imperceptible :

— Je pensais qu'il dormait.

Alexandra, touchée par cette once de sensibilité qui venait de poindre chez Tim, allait se diriger vers lui lorsqu'on frappa à la porte et deux hommes ne faisant visiblement pas partie du personnel hospitalier firent irruption.

Devant l'air interrogatif des personnes présentes dans la chambre, le premier de ces hommes se présenta :

— Police, qui dans sa bouche devait apporter réponse, sécurité et l'assurance que la situation était sous contrôle.

Pour mieux appuyer ses propos, il exhiba sa carte tricolore et se présenta dans la foulée :

— Capitaine de police Lebreuil, et voilà le lieutenant Bertrand, dit-il en désignant son collègue resté en arrière.

Le capitaine Lebreuil, la quarantaine, était d'une imposante stature et à l'allure décontractée, portant une chemise blanche aux manches relevées à mi-bras et une cravate. Il avait les lèvres charnues, un nez proéminant, le tout dominé par des cheveux poivre et sel hirsutes.

Le lieutenant Bertrand, restant plus en retrait, avait un visage commun, semblait être un subordonné fidèle mais docile.

— *Il doit lui demander l'autorisation pour aller pisser*, pensa Alexandra, *et le pire, c'est que les deux doivent aimer cette situation…*

Une fois la première mauvaise impression passée, l'infirmière se demanda pourquoi la police était là : ce n'était pas la première – ni la dernière – fois qu'un patient décédait à l'hôpital et à part dans certains cas très rares, l'intervention de la police n'était absolument pas nécessaire.

Sa réflexion la fit se tourner vers Tim.

— C'est vous qui avez appelé la police ? demanda-t-elle, furieuse.

— Ah non, c'est pas moi, c'est pas ma faute, s'étonna-t-il. J'ai un peu psychoté mais je n'ai appelé personne.

— Il dit vrai, interrompit le capitaine, nous étions déjà en route pour venir interroger le macchabée, mais bien sûr il n'avait pas encore cette dénomination alors. C'est à l'accueil du service qu'on nous a renseignés.

— Que lui vouliez-vous ? demanda Alexandra, inquiète

— Permettez, répondit Lebreuil, arborant un sourire victorieux comme on dévoile son jeu au poker en disposant d'une quinte flush royale.

Les infirmières ne lui permirent pas mais il pénétra derrière le paravent malgré leurs protestations. Il désigna la blessure à la cuisse de Bruno.

— Connaissez-vous l'origine de cette blessure Mesdames ? demanda le Capitaine sûr de lui.

Pour toute réponse, elles haussèrent les épaules en signe d'ignorance mais n'étaient pas résignées à ce que ce flic fît la loi dans leur hôpital.

Une voix se fit entendre de l'autre côté du paravent.

— Il s'est blessé en escaladant la grille d'un stade de foot, répondit Timothée.

Lebreuil écarta un des battants et jaugea le patient assis devant son ordinateur comme s'il ne l'avait pas entrevu quelques instants auparavant. Il ne put réprimer un sourire de mépris.

— Votre grille de stade de foot Agent Gibbs, riposta-t-il, c'est la pointe d'un mur de clôture d'une riche propriété où divers objets ont été dérobés.

— Notre patient, un cambrioleur ? s'étonna la jeune stagiaire qui ne put masquer sa déception.

— Yes, poursuivit le flic en sortant une allumette d'une boîte en métal et la portant à sa bouche.

Il s'assit sur le fauteuil hospitalier vacant, se cala tout en actionnant la manette pour allonger ses jambes puis croisa les mains derrière sa nuque tout en mâchonnant son allumette.

— Capitaine, ce fauteuil est réservé aux malades, ce n'est pas un fauteuil club ! s'exclama Alexandra hors d'elle. Et cette…cette allumette n'a pas sa place ici.

Le policier arqua un sourcil d'étonnement.

Plutôt pas mal quand elle se met en colère, pensa-t-il.

— Je réfléchis, donna-t-il pour toute réponse et en adressant un clin d'œil complice à son collègue. Je m'imprègne de la scène de crime.

— Qu'est-ce qui vous pousse à croire qu'il s'agît-là d'un crime ? demanda l'infirmière, passablement énervée, mais étonnée par la révélation du policier.

— *Three million, four hundred thousand* « youroses», articula Lebreuil dans un anglais typiquement *froggy*. 3 400 000 euros ! Des bijoux, parures, diadèmes, bagues et autres babioles, le tout serti de diamants bien sûr, qui appartiennent, ou plutôt appartenaient à une vieille dame très respectable…

— La veuve Douglas, s'exclama Tim, j'ai vu passer cette info sur mon smartphone !

Il désigna le portique où se trouvait le corps de Bruno et poursuivit :

— Ce serait donc lui l'auteur de ce vol que les journalistes appellent déjà « Le cambriolage de la veuve Douglas » ?

Son ton ne pouvait cacher une certaine excitation pour cette affaire, ce qui le rendait encore plus méprisable aux yeux de l'infirmière.

— Une vieille dame, des bijoux volés et je suppose une vieille demeure…énuméra Alexandra. On nage en plein cliché.

Même si Lebreuil reconnaissait aux « journaleux » leur capacité à vouloir vendre du sensationnel avec un titre pareil, il jubilait d'avoir son auditoire et – accessoirement – trouvait Alexandra encore plus charmante.

— Vous avez la primeur de l'identité du voleur.

Le lieutenant Bertrand toussota.

— Présumé voleur… Les journalistes savent juste qu'il s'est blessé en escaladant la grille lorsqu'il est sorti de la propriété et que Madame Douglas en a dressé un portrait-robot plutôt succinct. Le test ADN du sang laissé sur la grille est en cours d'analyse et de notre côté nous écumons tous les hôpitaux où une personne correspondant au signalement et ayant une blessure similaire aurait été soigné. Cet individu ayant la chance de figurer dans nos fichiers pour une précédente condamnation, nous avons privilégié cette piste et nous voilà !

— Pourquoi nous exposer tout ça, c'est un hôpital ici, le médecin légal s'occupera de notre patient et si vous n'avez aucun papier stipulant le contraire, je vais devoir vous demander de partir, dit Alexandra sèchement.

Lebreuil ne tint pas compte de sa remarque et poursuivit :

— Une somme pareille, ça doit faire tourner des têtes. Résumons la situation : un patient arrive chez vous blessé mais il s'en remet… Lentement, mais sûrement. Il est suspecté d'être l'auteur d'un cambriolage où une somme astronomique de bijoux est dérobée, difficile d'imaginer qu'il ait agi seul. Si on ajoute les acteurs impliqués dans le recel, la transformation et la revente du butin, nous avons notre lot de suspects. Tous anonymes évidemment, pour l'instant.

Il laissa sa réflexion en suspens, comme pour marquer son effet.

— Ce matin encore, poursuivit-il, il est en bonne santé et on le retrouve mystérieusement mort (Il désigna de nouveau le corps de Bruno.) : soit il a été assassiné, soit je lancerais une enquête sanitaire sur les repas servis à l'hôpital, acheva ironiquement Lebreuil.

Fier de sa réplique, il lança un regard complice à la petite assemblée ; regard qui ne trouva écho qu'auprès de son acolyte.

Enfin Lebreuil regarda Tim et l'interrogea :

— Et Bill Gates, il n'a rien vu ? Quelqu'un qui rentre

dans la chambre et qui avait tout le loisir d'introduire un produit, peut-être indécelable, par une canule dans sa perfusion ?

Alexandra fut surprise que ce flic connût les termes médicaux, mais encore plus qu'elle prît la défense de Timothée en voyant le ton que prenait la conversation.

— Monsieur Soler prenait sa douche et à son retour, Monsieur Bruno Massal était déjà décédé. De plus, il est patient de cet hôpital et tant que vous n'avez pas des papiers autorisant un interrogatoire, vous n'avez aucun droit ici ! affirma-t-elle.

Ce qu'elle devient sexy quand elle s'énerve ! pensa Lebreuil.

— Relax, l'interrompit le policier en tenant son allumette comme une cigarette. Je teste, je regarde, j'observe… Reprenons alors, aucun d'entre vous n'a rien vu ?

— Moi, non, répondit Tim qui pianotait à présent sur son ordinateur.

Le capitaine de police quitta enfin sa position assise et se présenta devant Tim, plus précisément devant son ordinateur.

— Comment ça « Moi, non » ? interrogea Lebreuil. Alors qui ? L'infirmière qui attendait pour vous sécher à la sortie de la douche ?

Tim continuait de taper sur son clavier et fixer son écran en souriant.

— Moi je n'ai rien vu, mais elle oui, répondit le jeune patient en tapotant l'écran de son ordinateur sur lequel figurait une belle femme brune, une tiare ornée d'une toile dorée sur la tête, portant un bustier en forme d'aigle, un costume bleu et rouge et des bottes de la même couleur.

— Wonder Woman ! s'étonna Lebreuil devant l'image de la super-héroïne, sur un ton qui semblait vouloir dire « Vous vous foutez de moi ! ».

— Non, reprit Tim, visiblement agacé par tant de naïveté de la part d'un flic. Rosetta, c'est mon ordi : elle a tout filmé.

5

Assis à présent sur la chaise visiteur, le dossier lui servant d'accoudoir, Lebreuil était le spectateur de la vidéo enregistrée par l'ordinateur de Tim : ayant était effrayé par les messages de mise en garde sur le risque de vol à l'hôpital, il enregistrait en continu à chacune de ses absences une capture vidéo via la webcam, celle-ci étant plus orientée sur son lit et ses affaires personnelles.

L'angle de la caméra avait été assez large cependant pour qu'ils virent s'introduire un homme pendant le temps de la douche de Tim, moment suivant la dernière fois où Bruno avait été vu vivant. Tout d'abord ce fut une ombre projetée qui fit son apparition dans le champ de vision, bientôt rejointe par un homme d'une carrure assez importante, portant un blouson rouge et la tête partiellement recouverte d'une capuche de la même couleur empêchant toute identification formelle.

Par la suite, on voyait clairement l'intrus débrancher le sachet d'hydratation de la perfusion avant d'injecter directement par voie intraveineuse le contenu, quelques millilitres, d'une seringue. Il rebrancha la canule au sachet avant de repartir. L'ombre de l'inconnu achevait la fin de sa visite comme elle en avait annoncé le début.

Et c'était tout.

Le capitaine demanda à Tim de repasser la vidéo image par image, il n'avait pas beaucoup de temps.

L'infirmière, toute sexy qu'elle fût, avait atteint un grade supplémentaire dans sa colère lorsqu'elle apprit de la bouche même de Tim, qu'il lui arrivait de filmer certains moments dont elle pouvait être l'actrice involontaire.

Elle avait aboyé en évoquant l'atteinte à la liberté et au

droit à l'image, les flics avaient tenté de calmer le jeu, si cette vidéo permettait de retrouver l'assassin du cambrioleur présumé – débat à son échelle des pros et anti vidéosurveillance… à son opinion, des gens qui gueulaient au nom de la liberté d'expression et qui pleureraient une fois leur chien perdu, leur scooter volé ou leur fils enlevé, tout ça, par ordre de priorité ! – cela était plutôt une bonne chose.

Alexandra leur avait alors rappelé qu'ils n'avaient aucun droit dans cette enquête pour meurtre, si « enquête » était bien le terme approprié.

Furieuse, elle avait quitté la chambre en proférant les pires imprécations et menaçant de son retour, accompagné du responsable de service, sa collègue stagiaire tardant à revenir.

Lebreuil avait alors placé le lieutenant Bertrand à l'extérieur de la chambre, devant la porte, il jouerait le rôle de cerbère en attendant qu'il finisse son « interrogatoire ».

Ses anciennes méthodes lui avaient valu une très mauvaise réputation au sein de son service, même s'il mettait en avant les résultats, l'administration policière ne plaisantant pas avec la légalité et le respect des procédures.

Tout au moins, l'administration ne plaisantait plus, et les agissements de Lebreuil lui avaient valu le surnom d' « Inspecteur », ancien statut d'avant la réforme de 1995 – et pas mal d'emmerdes.

Il fallait donc progresser dans son investigation avant que l'administration s'en mêle et que l'enquête s'emmêle.

Le directeur de l'hôpital avec quelques coups de fils bien placés, pouvait arrêter la résolution rapide de cette enquête ainsi que le rêve d'un retour en grâce du capitaine au sein de son commissariat et surtout la vision de tous ces crétins du bureau.

Pire, le directeur de l'hôpital pouvait faire le rapprochement du nom de « Lebreuil » avec cette interpellation qui avait mal tourné l'an dernier ; dans le cas contraire, un collègue de la police se ferait un plaisir de lui rappeler, cela avec l'intention moins de servir l'enquête que de nuire au capitaine, qui traînait son erreur dans son sillage. Parfois, elle le précédait.

Perdu dans ces dernières pensées, le capitaine de police n'entendait pas Tim lui parler de vidéos qui restaient en mémoire tampon – de *timeshifting* –, de résolution qu'on ne pouvait améliorer pour l'instant mais il regardait les images défiler attentivement.

— Là, stop ! dit vivement Lebreuil en posant sa main sur le bras de Tim pour joindre le geste du jeune homme à sa parole. Ce motif…

Dans les plis froissés du blouson rouge, s'entrevoyait un blason représentant une forme bizarre qui rappelait étrangement quelque chose entraperçu par Tim dans la journée.

— Une raie ! s'exclama Tim. Enfin, je crois. Bruno porte le même tatouage sur le bras ; je l'ai vu lorsque l'infirmière s'inquiétait de ne pas trouver son pouls.

Lebreuil se leva et inspecta l'intérieur du poignet du défunt.

— Une raie manta, fit Lebreuil. Le diable des mers.

— Vous êtes plutôt calé en poissons, siffla Tim.

— Je suis plutôt calé en gangs. Le gang des Raie Manta.

L'expression de Tim reflétait celle d'une personne qui ignorait complètement de qui l'Inspecteur faisait allusion.

— Une bande de petits voyous sans envergure qui a pris un poisson pour emblème, poursuivit Lebreuil. Pas le genre – ni les capacités – à s'occuper du trafic de bijoux.

Tout en devisant, il inséra une clé USB dans un des ports de l'ordinateur portable.

— Envoie-moi la copie d'écran de ce blouson et avance la vidéo.

— *Se pourrait-il que cette organisation minable soit l'auteur d'un tel cambriolage ?* pensa Lebreuil. *Et un autre membre qui vient pour l'éliminer, un règlement de compte ? Le geste de l'injection est précis, il n'y a aucun tremblement dans la main. Y'a-t-il un commanditaire derrière tout ça ?*

Des bruits de pas rapides se firent entendre à l'extérieur puis plusieurs voix, dont celle d'Alexandra particulièrement vociférante, et celle plus pondérée du lieutenant Bertrand qui tentait de gagner du temps en négociations.

La porte s'ouvrit enfin, l'infirmière rentra en trombe, suivie d'un homme en costume-cravate ; ils trouvèrent Timothée à sa place habituelle, l'ordinateur en mode jeu et le capitaine Lebreuil, adossé contre la fenêtre, un sourire narquois naissant.

— Monsieur, vous n'avez aucun papier officiel, je vais devoir vous demander de quitter mon hôpital, asséna celui qui se présenta comme le directeur de l'établissement.

— Pas de problème, répondit Lebreuil montrant ses deux mains dans un geste d'apaisement, nous partons.

Il pivota et adressa un dernier clin d'œil à Alexandra qui détourna le regard. A la hauteur de Bertrand, il adopta une attitude de flic décontracté, démarche nonchalante et mains dans les poches.

Poche dans laquelle ses doigts faisaient tourner la clé USB contenant les copies d'écran de l'emblème des Raie Manta et l'image où l'on apercevait le plus nettement l'assassin de la chambre n° 8.

6

Deux jours plus tard, de retour à son domicile, Tim avait repris le cours normal de sa vie : retrouvailles entre le bureau de sa chambre et son ordinateur, retrouvailles entre le canapé, au pied de la télévision, et le jeune homme.

Ses parents s'étaient rendus le matin même à l'aéroport, direction un séjour à l'étranger à présent que leur « fils chéri » était sorti de l'hôpital – dont la chambre avait été le théâtre d'un meurtre !

Les derniers remparts contre l'oisiveté étaient tombés.

Plus d'obstacle non plus aux « effets néfastes de l'abrutissement télévisuel » que les parents du jeune homme se plaisaient à dénoncer, tandis que lui préférait évoquer un « moment de détente, sans prise de tête ».

Pour l'instant, l'écran LCD lui avait juste appris qu'un forfait des joueurs de l'équipe de France de football à quelques jours du début du Mondial détrônait de la Une les autres évènements de la communauté nationale et internationale…

Même si Tim adorait le football, les discours de ses parents avaient petit à petit porté leurs fruits et il avait remarqué une curiosité dans l'importance du traitement des informations ; en troisième marche du podium de la Une, l'affaire du « cambriolage de la veuve Douglas » débarquait dans les foyers télévisés… Après le devoir sportif planétaire, venait le devoir d'information et enfin une histoire où tous les ingrédients – un important butin dérobé, l'auteur présumé du vol emportant le secret de son emplacement dans sa tombe – étaient réunis pour plaire à la conscience collective.

Une journaliste blonde, micro à la main, l'hôpital Saint-

Rémi en arrière-plan (un texte en incrustation l'attestait discrètement), annonçait que les tests ADN réalisés avaient confirmé que le sang retrouvé sur les grilles de la propriété de Madame Madeleine Douglas, victime du cambriolage et qui avait dressé un portrait-robot de l'individu, appartenait bien au patient décédé à l'hôpital ; la présence de ce patient dans les locaux était due à sa profonde blessure, faite en s'échappant par la grille, la vieille femme l'ayant surpris dans sa demeure.

L'identité du jeune homme n'était pas citée même si le portrait-robot crayonné par celui qui avait reçu la déposition de Madeleine Douglas – et qui représentait assez fidèlement les traits de Bruno – apparaissait en médaillon pour illustrer sa qualité de principal suspect.

Ce qui attisait la curiosité de la journaliste et, surtout, des téléspectateurs était d'un autre domaine : qu'était-il advenu des bijoux ? Le saurait-on un jour, à présent que le cambrioleur présumé ne parlerait jamais plus ?

La nature de la mort de Bruno ne fut pas mentionnée.

Pas plus que la photo indiquant la présence d'un mystérieux homme encapuchonné, portant un blouson rouge, dans la chambre du suspect…

7

— Pourquoi ne pas diffuser cette photo ? demanda le capitaine Lebreuil, les deux poings fermés sur la table de son supérieur.

Le jeune commandant de police Pierre Cazin tenait dans sa main l'impression de la capture d'écran provenant de l'ordinateur de Timothée Soler ; il la contemplait, dodelina de la tête et finit par poser le cliché.

— Vous ne l'avez pas obtenue de façon légale capitaine, vous savez très bien qu'on ne peut produire cette preuve lors d'un procès, si on arrête l'individu sur la photo. Oubliez la diffusion nationale.

Lebreuil soupira et porta une allumette à sa bouche, qu'il mâchouilla bruyamment.

La troisième depuis ce matin.

— C'est grâce à cette photo et la vidéo dont elle est extraite que nous avons pu orienter les légistes sur un produit injecté.

Les médecins avaient pu déterminer que l'arrêt du cœur était dû à une hyperkaliémie provoquée par un surdosage en potassium.

L'officier de police hocha la tête et poursuivit :

— Malgré les résultats, vos méthodes sont connues – et discutables. Les journalistes n'ont pas oublié les évènements qui se sont déroulés l'an dernier, ni le rôle que vous y avez joué : mieux vaut ne pas risquer un acte qui retomberait sur la police nationale, elle n'a pas besoin de ça en ce moment.

Des crétins, voilà ce qu'étaient ses collègues, pensa Lebreuil.

8

Un an auparavant.

Lebreuil, aidé de son équipe, enquêtait sur un important trafic de produits stupéfiants. L'investigation avait permis l'identification d'une trentaine de consommateurs, puis de cibler les cinq revendeurs-consommateurs et enfin de procéder à des perquisitions et des interpellations.

Quatre revendeurs avaient déjà été placés en garde à vue. Le trafic venait de naître, la menace de l'incarcération aidant, l'identité et la localisation du dernier dealer, parvint très vite aux oreilles du capitaine de police, sous forme d'aveux signés de trois d'entre eux.

Lebreuil et Bertrand s'étaient dirigés vers un quartier assez éloigné du commissariat, sur une place où les piétons étaient représentés en journée – de réputation locale – par les composants d'une plateforme locale de la drogue et où une voie de tram coupait perpendiculairement les axes routiers qu'empruntaient voitures, vélos et bus.

Prévenu par des guetteurs, le cinquième dealer s'était éclipsé alors que les policiers arrivaient. Lebreuil qui voulait démanteler la totalité du réseau s'était lancé à sa poursuite, tandis que le dealer avait pressé le pas au milieu de la foule. Sentant la présence du policier de plus en plus pressante, il se retournait de temps à autre lorsque son regard avait croisé celui de l'Inspecteur.

Les yeux rivés sur lui, comme un lion prêt à fondre sur sa proie, ils s'étaient étrécis en une fente et semblaient lancer des éclairs.

Le jeune dealer avait perdu toute assurance et accéléra,

la tête toujours tournée vers le policier.

Il ne vit ni n'entendit le tramway qui coupait le chemin qu'il empruntait. Le conducteur du tramway actionna le klaxon et le jeune homme se retourna brusquement.

La rumeur de la rue et le vacarme des freins du tramway couvrirent le *poc* que fit la tête du dealer contre la carcasse mouvante de la rame.

La foule n'entendit pas non plus la boîte crânienne qui se disloquait. Pas plus qu'elle ne vit les esquilles de sa tête se disperser autour de l'impact.

Pas plus qu'elle ne ressentit le cerveau qui se comprimait sous l'effet du choc et provoquait ainsi une douleur insoutenable.

La foule ne comprit pas cette vie qui s'en allait.

En réponse, le tramway s'immobilisa dans un fracas de ferraille lugubre.

Lebreuil arrêta sa course.

Une traînée de sang s'étendait sur un mètre le long de la carrosserie, comme si le tramway portait sur lui la signature de son crime.

Un attroupement se fit autour du cadavre du délinquant, sans savoir qu'il était déjà réduit à cet état.

Des policiers en faction dans le quartier accoururent.

La confusion régnait dans le quartier, les habitants étaient chauffés à blanc : la mort de « l'un d'entre eux », la présence de la police. Rapidement, une échauffourée éclata, opposant forces de l'ordre et une trentaine de personnes, des renforts de police furent appelés et les gaz lacrymogènes achevèrent de disperser le lieu du drame.

Le mécanisme des émeutes aurait pu en rester là, si les autorités, par la voix du commissaire divisionnaire, n'avaient pas donné une version officielle très différente de celle vécue par les témoins de l'accident : la victime, un malfaiteur connu des services de police, aurait pratiqué un vol à l'arraché et il aurait percuté le tramway lors de sa fuite, étant poursuivi par sa victime. Un profond sentiment d'injustice s'était emparé de la population, le saisissement fit place à la haine et la violence avait envahi les rues.

Les journalistes, portés par l'opinion publique, ne titraient plus que sur cet évènement et des fonctionnaires de police furent mis à l'index : le commissaire divisionnaire Delmard, pour sa gestion des évènements et de l'information ; les témoignages convergeaient vers la présence sur les lieux d'un flic en civil. La population réclamait la justice, tandis que la presse soulignait les invraisemblances du dossier.

Le jeune voleur – puisque c'était son appellation officielle – ne portait sur lui aucune trace d'un quelconque butin. Pas plus qu'il n'existait de plainte pour ce vol supposé.

Le quartier étant connu pour être placé sous vidéo-surveillance, les médias demandèrent l'accès à ces vidéos. On leur répondit que suite à une erreur de réseau sur le serveur national, il n'en existait aucune sauvegarde.

Alors qu'une majorité des habitants, encore sous le coup de l'émotion, réclamaient le calme, le respect et le deuil pour le jeune homme décédé, l'huile que les journalistes avaient jeté sur le feu de la vérité embrasait les cœurs des plus extrêmes et fit naître un profond sentiment de vengeance.

Aux marches silencieuses succédèrent les mises à sac, les affrontements avec les forces de l'ordre et autres violences, ponctués de casses d'abribus.

Lebreuil exécrait cette violence tout autant que ce qui l'avait provoqué : sous couvert d'endiguer l'embrasement urbain, il s'agissait avant tout du mensonge d'un individu pour protéger son cul.

Quelques jours plus tard, le capitaine fut convoqué dans les bâtiments de la police scientifique, lorsqu'il se présenta à l'accueil, la personne en charge composa un numéro, indiqua l'arrivée de Lebreuil et raccrocha.

Il n'eut pas le temps de l'interroger lorsqu'un policier en uniforme le rejoignit.

— Capitaine Lebreuil, vous êtes attendu au service « Photogrammétrie », dit ce dernier. Veuillez me suivre.

Ils empruntèrent un couloir puis rentrèrent dans un ascenseur.

Niveau -1, lu Lebreuil.

— Suivez la ligne rouge, ordonna le policier sur un ton plus mécanique qu'impérieux.

Trois lignes, une verte, une jaune et une rouge, partaient depuis l'ascenseur dans les dédales du sous-sols. A chaque croisement, l'une d'elle se séparait des autres sous un angle droit.

Le capitaine suivit la ligne rouge qui le conduisit à une porte de la même couleur. Sur le côté se trouvait un panneau en métal sur lequel était gravé « Photogrammétrie ».

Plutôt glauque comme endroit, pensa l'Inspecteur.

La porte s'ouvrit. Nouveau policier en uniforme qui demanda du même ton monocorde que son collègue à voir sa carte de police.

Tandis que Lebreuil la lui tendit, il tentait de voir derrière ce vigile l'intérieur de la salle.

Il lui rendit son badge et s'écarta tout en lui indiquant le passage, telle une porte tournant sur ses gonds.

La lumière et le scintillement des néons diffusaient une atmosphère froide et métallique à l'intérieur du local.

Difficile de faire un accueil moins chaleureux en ces lieux.

Un homme en uniforme, un général d'après son grade, vint à sa rencontre et lui prouva le contraire :

— Général d'armée Alain Ladebot, chef d'état-major.

De la main il présenta les autres personnes dans la salle.

Lebreuil ne retint que la présence de son supérieur, le *fameux* commissaire divisionnaire Delmard, et un ingénieur de la police technique et scientifique, Florentino Lazzi, un, sinon *le* spécialiste des sciences forensiques, qu'il avait brillamment étudiées à l'Université de Lausanne.

— Les différents…, le chef d'état-major marqua une pause, …évènements qui se sont déroulés ces derniers jours dans le quartier où a eu lieu « l'accident ».

Il avait pris le temps pour choisir ce mot.

— L'accident, poursuivit-il, était de nature à soulever bien des interrogations quant à la responsabilité de chacun. Monsieur Lazzi en a permis la reconstitution ; ce qui nous permettra de mesurer l'importance de votre implication dans ce fâcheux épisode.

Sur Lebreuil se posaient le regard du général et du commissaire divisionnaire.

La parole est à la défense, se dit-il.

Le policier profita de ce silence gêné pour s'attaquer de front et sans détour à ses accusateurs qui n'avaient pas l'honnêteté de se déclarer comme tels.

— Qu'attendez-vous de moi au juste, messieurs ? La presse a annoncé que les enregistrements vidéo n'avaient pu être retrouvés… Mais, peut-être que comme d'autres déclarations (Lebreuil mima des guillemets en l'air.) « officielles », celle-ci était fausse ?

Il lança un coup d'œil à son supérieur, assez distinctivement pour que le général l'aperçût.

— Que signifie cette allégation ? s'insurgea le commissaire, cherchant de l'aide près du chef d'état-major.

Ce dernier effectua des deux mains un geste d'apaisement.

— Messieurs, vous n'êtes pas ici pour régler vos comptes.

Puis tournant sa tête vers Lebreuil.

— Capitaine, les termes étaient maladroits. Cette réunion n'a pour but que d'entendre votre version et la corroborer avec la reconstitution numérique de l'évènement réalisée par M. Lazzi, aidé par les photos et, vous avez raison, par les vidéos enregistrées par les caméras ce jour-là.

J'ai fait mouche on dirait, pensa l'Inspecteur. *Le commissaire est déjà mis hors de la conversation. Nous voilà à traiter, d'égal à égal.*

Dans de meilleures dispositions, Lebreuil suivait le

général Ladebot, se dirigeant vers le jeune ingénieur. Plusieurs écrans se trouvaient sur son bureau ; sur celui de droite se trouvaient représentés la forme du tramway, dans une forte couleur jaune, la victime, proche de la rame portait quant à lui la couleur verte et enfin, l'avatar de Lebreuil, arborait une couleur mauve.

Le reste de la foule était représentée par des modèles numériques tristement gris.

Florentino Lazzi était assis sur sa chaise et pivota, laissant apparaître un long visage émacié et une barbe de plusieurs jours.

Pas la tête d'un, voire LE, spécialiste, nota mentalement Lebreuil.

Comme s'il put lire dans ses pensées l'ingénieur l'interpella :

— Veuillez excuser mon allure capitaine, cela fait trois nuits que je passe dans ce sous-sol mais le résultat en vaut la peine.

D'un air satisfait, il appuya sur une touche du clavier et des lignes de couleurs vives s'allumèrent sous les différents véhicules tandis que ces derniers s'animèrent.

— Je me suis arraché pour cette reconstitution, poursuivit l'ingénieur. Une équipe s'est rendue sur place pour effectuer des prises de vue, des mesures, prendre des photos. Une de nos expertes a réalisé un premier croquis à l'échelle. Par la suite je me suis aidé des vidéo-surveillances de ce jour.

Ce passage de l'explication irrita intérieurement l'Inspecteur.

— Et à l'aide de technique de photogrammétrie que j'ai moi-même mis au point, j'ai traité toutes les infos pour arriver à une modélisation tridimensionnelle numérique, acheva Lazzi.

Tous hochèrent la tête et regardèrent la séquence d'une trentaine de secondes d'un air plus attentionné.

— Pour la modélisation du tram, je n'en ai pas le mérite, la société de transport en commun me l'a fournie, j'ai juste validé son comportement dynamique, ajouta l'ingénieur d'un air de fausse modestie.

En d'autres circonstances, Lebreuil aurait souhaité en apprendre davantage sur l'aspect technique mais il voyait bien que seul l'aspect juridique intéressait les autres spectateurs.

Inéluctablement, la représentation numérique du jeune présumé dealer se dirigeait vers la rame du tramway et son destin. L'avatar de Lebreuil à ses trousses, tandis que le troisième acteur, le tram, suivait ses rails d'acier. Dans un flot contraire aux protagonistes, le reste de la foule ne semblait prendre aucune part au drame qui allait se jouer dans quelques secondes.

D'un angle de vue différent de celui de son propre regard, Lebreuil vit la tête du jeune homme rencontrer la paroi de la rame, rendant son corps totalement désarticulé.

A la fin de la vidéo, apparurent des cônes translucides en couleur, partant de la tête de Lebreuil et de la victime de l'accident. Lazzi appuya de nouveau sur une touche, la séquence démarra de nouveau.

— On peut observer l'accident indépendamment depuis le capitaine Lebreuil ou notre victime, ou encore depuis n'importe quel autre endroit. Et si je splitte l'écran on peut regarder tout ça simultanément.

En mode caméra subjective, Lebreuil ne fit pas que revoir mais revivre ce tragique évènement, malgré la froideur de la reconstitution numérique.

— Les vitesses d'impacts, l'inertie du véhicule, ses frictions, sa décélération post-impact…tout a été vérifié. J'ai même jeté un coup d'œil au résultat généré par notre logiciel d'analyses, tout me semble correct.

Florentin Lazzi venait de parler à l'assistance mais il s'adressait plus au chef d'état-major qu'au capitaine.

Ces considérations sur l'inertie d'un tramway en mouvement firent penser à Lebreuil à cette campagne de publicité australienne, pour attirer l'attention sur le danger des rames de tramway, dont il avait entendu parler : Spike the Rhino. Une affiche représentait le fameux rhinocéros Spike sur une planche de skateboard et le texte suivant l'accompagnait : « Si un rhinocéros sur un skateboard géant se dirigeait vers vous, vous vous écarteriez du chemin, non ? Eh bien devinez quoi, un tram c'est l'équivalent de trente rhinocéros sur un skateboard, donc ce n'est pas quelque chose par lequel vous aimeriez être percuté ».

L'évocation de ce slogan et son affiche firent naître un rictus sur le visage de Lebreuil.

— Cette situation vous amuse capitaine ? aboya le commissaire Delmard.

— Pardonnez-moi, je pensais à autre chose, justifia le Capitaine.

Puis, s'adressant au chef d'état-major :

— Mon Général, la reconstitution qu'a brillamment réalisée Monsieur Lazzi (L'ingénieur inclina la tête en signe de remerciement.) est en accord avec ma déclaration. Je lui ai présenté ma carte, il s'est enfui et a percuté le tram.

— Bien, trancha d'un ton sec le général Ladebot. Vous confirmez que c'est suite à votre tentative d'interpellation que la victime s'est précipitée vers une mort certaine.

Cette fois-ci, le rire crispé qui s'affichait sur le visage de Lebreuil s'accompagnait d'une sensation de rage.

Lazzi cliqua sur une icône et l'imprimante se mit en route aussitôt, avalant une première feuille de papier et la recrachant rempli de caractères et de graphiques.

— Le commissaire Delmard était parfaitement au courant de la situation et bien que ce trafic ne concerne qu'une quarantaine de consommateurs, le réseau comptait cinq revendeurs et les arrêter permettait d'endiguer tout ce commerce illégal avant qu'il ne prenne de l'ampleur. (Il désigna le commissaire de la main.) J'agissais sur ordre de…

— Avez-vous un écrit, une consigne de ce que vous annoncez ? l'interrompit Delmard.

— Je…je ne saisis pas très bien, répondit Lebreuil.

L'imprimante venait de régurgiter sa dernière feuille qui vint rejoindre les autres pages imprimées.

— Les conclusions définitives du rapport d'enquête seront approuvées par un expert judiciaire, coupa Ladebot. Il confirmera que vous avez agi sous votre seule initiative. Votre passé ne plaide pas en votre faveur. Comme vous l'avez dit, ce trafic ne concerne qu'une quarantaine de consommateurs mais la rue comme les médias ont besoin qu'une tête tombe.

— Vous me jetez en pâture, si je comprends bien.

L'ingénieur ramassa le tas de feuilles imprimées et les donna au général.

— Les conclusions du rapport d'enquête, expliqua le commissaire Delmard devant l'air interrogatif de Lebreuil. Votre lettre de démission, en quelque sorte…

— Je vois, fit calmement son subordonné.

L'Inspecteur entrouvrit le pan gauche de son manteau, en sortit une feuille roulée et la tendit à Ladebot qui s'en saisit en réajustant sa paire de lunettes.

— Au moment de l'interpellation, seul trois des quatre prévenus avaient avoué et signé leur déclaration, commenta Lebreuil à l'adresse des personnes présentes dans la pièce. Ceci est la dernière déposition. Je pense mon Général que son nom ne vous est pas inconnu.

L'officier se tourna vers le capitaine avec un air implorant que ce fût une toute autre personne dont le nom paraphait le document. Lebreuil hocha la tête.

— Il s'agit bien du fils du préfet. Ce magistrat même qui a requis cette reconstitution je suppose.

Il pouvait lire l'inquiétude grandissante dans le regard du général.

— J'ai recueilli personnellement ses aveux, je suis le seul au courant de cette déposition, continua Lebreuil. Pour l'instant. Cela pourrait intéresser la rue et les médias, qu'en pensez-vous ?

Le général retira ses lunettes et les posa sur la table ; il tapotait sa jambe d'une main tandis que l'autre considérait l'aspect glabre de sa joue. Enfin il promena son regard et l'arrêta sur le commissaire divisionnaire.

Bingo ! se dit Lebreuil.

— Mais que…que signifie tout cela ? bafouilla le commissaire Delmard.

— Disons que cette déposition, c'est votre lettre de démission en quelque sorte, répondit l'Inspecteur.

9

Une tête était tombée. Celle du commissaire Delmard.

Lebreuil se trouvait à présent face à son successeur. Même si le capitaine avait été blanchi dans cette affaire, l'ancien commissaire qui était « parti en retraite anticipée » ne souhaitait pas de toute évidence qu'il se refasse une virginité avec son remplaçant.

Le vieux a dû lui transmettre un dossier sur lequel « LEBREUIL » est écrit au marqueur rouge avec les mêmes recommandations que les Présidents se refilent la clé pour la bombe atomique.

A manier avec autant de précaution.

— Est-ce que vous m'autorisez à écumer certains milieux avec cette photo ? risqua le capitaine. Les petits délinquants des Raie Manta auront besoin d'un réseau pour revendre ces bijoux et ça peut nous mener jusqu'au butin ; ensuite, si on omet d'évoquer ce cliché, on agit de façon on ne peut plus officielle.

Le commandant de police s'appuya sur son dossier, leva la tête et se gratta le menton.

Bon signe, se dit Lebreuil, *il réfléchit. Il a été nommé en remplacement de Delmard pour occuper ses fonctions : il est jeune, il a de l'ambition et s'il veut être promu commissaire, il peut profiter de la résolution de l'affaire.*

— Entendu, finit par dire Cazin. Mais vous me tiendrez informé de chaque avancée de l'enquête. Et pas d'initiative imprudente !

— Ça marche ! mentit à moitié son subordonné.

Il sortit du bureau du commandant, sans avoir jugé utile de le remercier.

Il n'avait pas eu à envoyer la photo de l'inconnu de

45

l'hôpital de façon anonyme à la presse : si cela avait pu accélérer l'enquête, il aurait perdu toute chance de s'en attribuer le mérite.

Du côté de Timothée Soler, il s'était assuré de bien argumenter l'aspect secret que la source devrait conserver et qu'en cas de découverte de la provenance de la capture d'écran, la justice devrait la lui confisquer, en tant que pièce à conviction.

Cette perspective d'être privé de son ordinateur devrait suffire à conserver le silence du môme.

10

Vu la qualité de la capture d'écran, Tim comprenait qu'elle ne fût pas diffusée. Le flic lui avait promis que grâce à lui « on coincerait ce fils de pute », mais il n'en était pas aussi sûr. Lebreuil avait également évoqué l'irrecevabilité de cette photo en tant que preuve, mais Tim n'avait pas tout saisi.

Si, pendant qu'ils regardaient les vidéos à l'hôpital, le policier avait interrogé le jeune homme sur l'utilité d'enregistrer depuis son ordinateur portable alors que cet appareil était le plus susceptible d'être volé, Tim lui aurait alors expliqué que ce qu'ils visionnaient à ce moment était stocké en parallèle sur des serveurs, ici chez ses parents, du moment qu'une connexion internet subsistât, mais Lebreuil semblait avoir d'autres préoccupations. La durée de stockage pouvait aller jusqu'à deux semaines et en plus de rechercher une éventuelle précédente visite du tueur au blouson rouge, il pouvait améliorer la qualité de la vidéo dont il disposait déjà.

Tim pénétra dans son antre, retrouva Rosetta, encadrée par une multitude de figurines de mangas qui trônaient fièrement. Il déplaça la souris, le disque dur émit un craquement et l'écran sortit de sa veille…

Pas besoin de chauffage en hiver, les serveurs s'en chargeaient. Tim tapa une ligne de commande qui devait lancer un scan sur toutes les vidéos enregistrées à l'hôpital : le logiciel comprenait un système de reconnaissance faciale qui trierait les octets sauvegardés pour en extraire tout ce qui devait être similaire – avec un facteur de points de ressemblance près – à la capture d'écran où l'homme au

47

blouson rouge à capuche donnait son dernier traitement à Bruno.

Tim se leva, retourna au salon et se dirigea face à la fenêtre qui donnait sur le terrain vague de la copropriété.

« Ni chaud, ni froid », voilà ce qu'il ressentait. Ou plutôt ce qu'il pensait ressentir.

Progressivement, un mal-être s'était emparé de lui et le décès – voire l'assassinat – de son compagnon de chambre, sensiblement du même âge que lui, avait plus ébranlé sa personne que lui-même ne l'aurait cru.

Tristesse, émotion, nostalgie…ces sentiments se firent encore plus fort lorsqu'il contemplait le terrain face à lui, jonché de vieilles palettes, bidons rouillés et parfois une carcasse de scooter, il représentait le terrain de jeu favoris où, enfant puis adolescent, il jouait avec les gamins de la copropriété, tous au régime « Décampez ! Allez prendre l'air ! » de leurs parents respectifs, tant pour la raison évoquée que pour avoir la paix.

Tous se retrouvaient en bas de l'immeuble pour vivre des aventures épiques ; chacun s'accaparait son détritus en guise de destrier ou accessoire, qui devenait un capitaine de bateau pirate, qui un chevalier en armure.

A présent, tous avaient quitté les HLMs, parents « à la campagne », enfants devenus adultes vers le centre-ville et ceux qui n'avaient pas encore grandi délaissaient ce genre d'amusements : *digital native* par leurs parents, la console à 4 ans précédaient la tablette pour l'âge de raison.

Ironique qu'il tînt ce discours en pensée.

Ses parents ne lui avaient-ils pas seriné les mêmes propos, à tour de rôle, sur ses séances de jeux vidéo prolongées, sur l'aspect sectaire des parties de jeux de rôles à dix dans sa chambre ?

Ils n'avaient pas compris que ce n'était que le prolongement des jeux d'épées de bois de son enfance.

Lui citer en exemple sa grande sœur n'était pas pour l'élever, mais au contraire l'enfoncer un peu plus et transformer un amour fraternel en haine ponctuelle et pire à présent, une indifférence permanente.

Au revoir les souvenirs où le frère et la sœur posaient sur le canapé, se prenant par les épaules.

Pourtant, Tim conservait un cliché de cette séance photo dans son portefeuille. L'apparence avait jauni, les coupes de cheveux au bol et la couleur des polos étaient passées de mode, mais les sourires authentiques se trouvaient là, dès qu'il cherchait sa carte de paiement ou une de ses nombreuses cartes de fidélité.

Inlassablement, ses parents, professeurs de français qui s'étaient rencontrés durant leurs études — rien d'original dans le monde de l'éducation —, souhaitaient que, comme sa grande sœur Julie, il s'évade par les grands auteurs classiques de la littérature. Française qui plus est.

Mais on ne pouvait donner la meilleure salade verte en pâture à un fauve sous prétexte que ce fût bon pour la santé, tout comme on ne pouvait donner Proust à lire à Timothée.

De ce côté-là, le jeune homme était plutôt du genre végétarien et cette façon qu'avaient eue ses parents à le pousser à devenir adulte dans une direction qui ne lui convenait pas avait plutôt accéléré une certaine forme d'infantilisation.

Même le terrain vague allait « grandir » : en sa place, s'élèverait un immeuble d'une hauteur égale aux autres, dans un style plus récent, ce qui aurait pour effet de vieillir encore plus celui dans lequel Tim vivait.

L'architecte de ce nouveau projet était un ancien enfant de l'immeuble « d'en face », contre lequel Tim se disputait la propriété de l'espace de jeu. Ce qui s'apparentait à une réussite sociale doublé d'un retour aux sources pour certains était une victoire écrasante et définitive sur les combats menés dans leur jeunesse.

Ce dernier repère disparaissant, ne serait-ce pas le signe pour Tim de quitter cet endroit et de suivre son propre chemin ?

Il fut étonné de toute cette introspection et des

réflexions plutôt adultes qui en découlaient.

Une poignée de gravillons projetée contre la fenêtre depuis l'extérieur le tira de ses pensées.

Fabien, un ami d'enfance, utilisait ce moyen depuis toujours pour signifier sa présence.

Lorsque les parents de Tim habitaient au 2ème étage, la tâche était encore plus aisée mais après leur déménagement deux étages plus haut, avec un peu d'entraînement – quelques plaintes des voisins, destinataires malheureux des cailloux –, Fabien avait toujours visé juste.

Même avec l'avènement du smartphone, il était resté réfractaire à toute cette cyber-technologie, évitant les réseaux sociaux, l'intrusion de « Big Brother » en citant Orwell mais possédant « en cas d'urgence » un téléphone tout ce qu'il y avait de plus basique.

En ça, Tim l'admirait, lui qui cédait à toute cette mode, tout ce côté geek, limite *nolife*.

Le jeune homme ouvrit la fenêtre.

— Martin propose un basket avec sa bande, cria Fabien quatre étages plus bas, assez fort pour que Tim et le reste de l'immeuble pût entendre. Rendez-vous sur le parking du square Dumas dans une demi-heure.

Réduire la conversation à sa plus grande simplicité, voilà là tout Fabien quand d'autres se perdaient en palabres : aucun mot inutile.

— Ça me va, répondit Tim après une rapide réflexion.

Cette proposition tombait à pic, le manque d'activité de ces dernières années se faisait cruellement sentir sur sa silhouette et il était temps de se prendre en main.

— Je me change et je descends dans cinq minutes, poursuivit Tim avec plus de discrétion que son ami.

Aussitôt dit, le nouveau Tim ferma la fenêtre, se débarrassa de ses derbies, son jean pour les remplacer par des baskets et un jogging.

À peine eut-il fini de nouer ses lacets que la sonnerie de son smartphone se fit entendre, Timothée jeta un coup d'œil à l'appelant.

Fabien.

Tout en se dirigeant, intrigué, vers la fenêtre, Tim décrocha.

— Qu'est-ce qui t'arrive, *pal* ?

La réponse lui apparut sous ses fenêtres : Fabien était à présent entouré d'un groupe de personnes, toutes portant un blouson rouge.

— Je suis avec des amis à toi, répondit Fabien d'une voix tremblante et regardant en direction de l'appartement de Tim, ils auraient une ou deux questions à te poser…

Les Raie Manta !

De sa position, Tim ne pouvait discerner leur insigne, mais il aurait juré reconnaître la même forme de blason qu'il avait sur la vidéo saisie à l'hôpital.

Analyse des forces en présence, vieux réflexe des jeux de rôles auxquels il s'adonnait : ils étaient quatre, au moins trois au physique massif et un autre, plus petit mais tout autant râblé ; son visage ressemblait de loin à une tête de fouine.

Ce dernier tourna son museau là où Fabien semblait regarder : il croisa le regard de Tim. Ses yeux semblèrent s'étrécir en une fente, il arracha le téléphone des mains de Fabien.

— Où sont les bijoux ? demanda-t-il d'une voix rageuse.

Au son de cette voix, face à la violence imminente de la situation, Timothée, l'adulte qui se posait des questions sur sa vie future, s'évapora et Tim, l'adulescent infantilisé reparut, suivi de son cortège de panique et incapable de prendre une décision responsable.

— Je…je n'en ai aucune idée, bégaya-t-il, étonné par la question.

Sur l'acte de naissance de La Fouine, figurait le nom de Pierre Masson. Mais très tôt, à cause de la cruauté des enfants et de la ressemblance de son visage – et de son allure – avec le mustélidé, il fut affublé de ce surnom disgracieux.

Changement d'écoles, de collèges puis de lycées n'y firent rien.

L'entrée dans la vie active ne l'épargna pas davantage, collègues et femmes imitant leurs prédécesseurs scolarisés.

Puisqu'il ne pouvait échapper à cet animal par son physique, Pierre allait mettre à profit les caractéristiques qu'on lui prêtait au sens figuré.

Curieux, indiscret, malin…

Pierre devint La Fouine.

Ses nouvelles qualités et son métier de manutentionnaire lui avait permis de mettre sur pied un réseau de vols dans les différentes plateformes logistiques de la ville.

Electronique, chaussures, vêtements et parfum furent les cibles privilégiées.

Il avait recruté les autres complices parmi ceux qui voulaient effectuer un vol spontané et plutôt que de se faire prendre grâce à l'ensemble des mesures prises par la direction à la demande des assureurs, il leur proposait la « sécurité » d'une organisation.

Galvanisé par ses premières réussites, La Fouine perdit son esprit malin qui aurait dû lui conseiller de rester discret et anonyme.

Comme une revanche sur son passé fait de moqueries et d'injures, il voulait exister.

Il fallait un nom à son organisation, lui le chef et ses trois subordonnés.

Un nom qui claque.

C'est en regardant un reportage où l'on voyait un journaliste mourir en direct, piqué par une raie gigantesque que La Fouine eut cette révélation.

Ce puissant animal, comme cette mort, le fascinait.

Le diable des mers…

La Fouine postait régulièrement la vidéo de ce dernier reportage sur la Toile – la veuve du journaliste en demandait régulièrement le retrait.

Le gang Raie Manta commençait son œuvre.

Les vols dans les entrepôts allant croissants, le délit se banalisait et de la zone de doute, l'organisation passait dans sa zone de confort.

La Fouine commençait à attirer l'attention de certains « pros » du vol et ces derniers souhaitaient leur faire comprendre qu'ils devaient, soit mettre un terme à leur trafic, soit être leur commissionnaires.

Des petites mains ? Pas question pour La Fouine.

Pour jouer avec les pratiques mafieuses, il faut être de taille mais le chef des Raie Manta n'avait pas la juste perception de son organisation.

Ce fut tout naturellement que le gang de La Fouine allait faire face à une coalition d'intérêt de la part de ces professionnels qui s'étaient ligués contre cet adversaire commun – et n'appartenant pas à leur milieu – que les Raie Manta étaient devenus.

Une organisation bien plus grosse, qui avait des complices au sein de toute la chaîne logistique, fit appel à un de ses agents, travaillant dans l'équipe en charge de la sécurité, et piégea les Raie Manta en soufflant au directeur de l'entrepôt des supermarchés *Tofield* l'intérêt d'une protection « à la source » et qu'il pouvait compter sur un retour sur investissement malgré le coût de la prévention des pertes : adopter une démarche globale en appliquant des mesures assez classiques, comme la zone de contrôle grillagée, la vidéosurveillance.

Mais ce fut grâce à la traçabilité par identification de la marchandise par à une puce RFID, dont La Fouine ignorait totalement la mise en place, que les responsables logistiques de Tofield avaient pu savoir à quelle étape de la chaîne logistique le vol était commis, orientant ainsi les investigations.

Le visionnage des enregistrements vidéo de la zone identifié avait fait le reste.

Fouille, interpellation, procès pour « vol en bande

organisée ».

Pour les mafias, il avait fallu sacrifier un peu de marchandises à voler et renoncer à un peu de démarque inconnue, mais ils étaient débarrassés des Raie Manta.

Une année de prison était passée.

Malgré des ambitions criminelles inchangées, le projet de La Fouine était détruit. Sa motivation intacte avait permis de conserver la confiance de ses acolytes et, à leur sortie respective de la maison d'arrêt, ils s'étaient tous les quatre réunis pour deviser sur leur avenir.

Un boulot fixe, en tant que déménageur, couplé à l'« activité » de cambrioleur. Cela permettait de faire rentrer de l'argent et de pouvoir faire du repérage de la marchandise tout en étudiant les lieux avant d'agir.

Pas d'intermédiaire.

Le bouche à oreille évoquait plus leurs qualités dans le déménagement légal et une agence de travail temporaire faisait ponctuellement appel à leurs services.

C'était lors d'une mission qu'ils s'étaient retrouvés à quatre, avec un autre intérimaire : Bruno Massal.

Bruno était costaud, courageux dans l'effort, habile en manutention…mais par-dessus tout, il était honnête.

Malheureusement.

Les Raie Manta travaillèrent son honnêteté par l'effet d'entraînement, mais Bruno ne voulait pas devenir leur complice.

Bruno ne souhaitait pas non plus être celui qui les dénoncerait.

La Fouine utilisa cette complicité passive : Bruno savait et se taisait.

Il risquait le renvoi de ses futures missions pour faute grave et des poursuites pénales.

Il n'avait plus le choix.

Plus encore, pour lui qui avait été souvent rejeté par les autres – même parfois par son grand frère –, être intégré au sein de ce gang répondait à son besoin d'appartenance sociale.

Son identité s'était diluée avec le port du blouson rouge arborant l'emblème du diable des mers et une injection d'encre sous la peau représentant le tatouage du même animal.

Bruno faisait à présent partie des Raie Manta.

Et il était plutôt doué.

Tellement doué qu'il avait été désigné pour revenir dans la demeure de la riche veuve Douglas afin de la dérober.

Cambriolage qui leur permettrait de se ranger définitivement ensuite.

Si Bruno avait bien pénétré dans la demeure par un endroit, il était ressorti par un autre, là où le reste du gang ne l'attendait pas.

Aux infos, ils avaient appris que le butin était composé de bijoux, diamants…mais surtout que son montant s'élevait à 3 400 000 euros.

La Fouine l'avait vraiment très mauvaise.

Il voulait les bijoux, il voulait la peau de Bruno. Mais ce dernier restait introuvable, jusqu'à ce que les médias lui aient appris la nouvelle.

Mort.

Bruno était mort et cet abruti qui partageait sa chambre était le dernier à l'avoir vu en vie.

La Fouine jeta le téléphone à terre et, du revers du pouce, il mima une gorge tranchée à son attention.

Un des autres membres molesta Fabien et le projeta au sol, enfin tous se dirigèrent vers l'immeuble de Tim et ils disparurent de son champ de vision.

A l'abri – provisoirement – dans son salon, Tim scrutait son ami, à terre, qui bougea péniblement, ramassa son téléphone et se mit en position verticale.

Fabien vérifia l'écran du portable et appela le dernier numéro composé. Tim décrocha aussitôt.

— Ça va mon vieux ? s'enquit-il.

— Y'a pire, dit le jeune homme en se massant la nuque. Un peu malmené mais ça va. Et toi, c'est quoi cette histoire de bijoux ? Le truc de la télé ?

Le truc de la télé, répéta Tim pour lui-même.

— Ils sont partis pour monter chez toi *pal*, reprit Fabien. Tire-toi vite d'ici !

— Ok, merci. Sauve-toi, toi aussi !

En guise de réponse, Fabien raccrocha et lui adressa un salut, deux doigts joints portés à sa tempe, avant de partir.

Tim jeta un dernier coup d'œil vers son ami et tenta de canaliser le stress qui montait en lui en parlant à haute voix.

— Il faut que je me tire d'ici…Quatre personnes…Le temps que quelqu'un leur réponde à l'interphone et leur ouvre…Après ils devront monter ici…L'ascenseur ou les escaliers ?…sauf s'ils se séparent pour parer à ma fuite ? A moins que…

Il lui restait une autre issue mais il devait agir rapidement. Tim saisit son sac à dos couvert de graffitis au marqueur, logos anarchistes et écussons de groupes de rock, il l'emplit de quelques affaires et fonça vers la porte d'entrée.

— Merde, j'ai failli oublier l'essentiel.

Il retourna dans sa chambre, ne prit pas la peine de regarder si la recherche du logiciel avait été fructueuse et s'empara d'une console portable qu'il fourra dans son sac.

— Là, je suis prêt ! tenta-il de se convaincre, allant même à cogner du poing la paume de sa main.

Il ouvrit la porte et tomba face à un grand jeune homme portant un blouson rouge. Brun, la peau mate, il se tenait appuyé sur l'encadrement.

Bruno, ce n'est pas possible… pensa l'esprit raisonné de Tim.

— Un fantôme ! fut tout ce que sa bouche put articuler, non sans une certaine terreur dans la voix.

11

Pris de panique, Tim eut d'abord un moment de recul avant d'aller droit sur la porte pour la refermer mais trop lentement : déjà un pied se glissait dans l'espace libre et en bloquait la fermeture.

— C'est pas possible, c'est pas possible, psalmodiait Timothée, s'appuyant sur le battant en espérant que le pied cessât son travail d'obstruction.

Comme s'il eut deviné les pensées spectrales du jeune homme, l'intrus s'exprima.

— Je ne suis pas Bruno, je suis son frère Alan. Ouvre-moi, il faut absolument que je te parle.

— Et même si ce que vous dîtes est vrai, vous portez le blouson de ce gang, vos amis étaient en bas et n'avaient pas l'air franchement accueillant ! répliqua Tim, non sans maintenir son effort pour repousser celui qui se faisait appeler Alan.

— Dépêche-toi, j'ai pu retarder leur montée en déconnectant l'interphone et l'ascenseur mais ils ne tarderont pas à venir ici. Et ce ne sont pas *mes amis*.

Face à la réalité de l'arrivée prochaine des quatre personnes qui l'avaient menacé, la relative prise de risque à ouvrir à cet inconnu en valait la peine. Tim relâcha son effort.

La porte s'ouvrit sur cet homme, Tim en profita pour l'observer : s'il ressemblait à Bruno, il paraissait plus âgé, les traits plus tirés et le blouson, malgré la couleur, ne portait aucune trace d'un quelconque insigne.

— Alan, se présenta l'homme en tendant la main.

— Tim, répondit-il en lui rendant son salut.

Il laissa planer un moment de silence, puis repris :

— Alors comme ça, vous êtes le frère de Bruno et vous avez déconnecté l'ascenseur…

Laissant sa phrase en suspens pour demander un complément d'explication.

— Et l'interphone, répondit Alan en extrayant de sa poche deux fusibles et les présentant dans sa paume ouverte. Parlons sérieusement.

Alan referma la porte derrière lui.

— Ces jeunes que tu as vus en bas sont tous des membres du gang Raie Manta. Mon frère en faisait partie également.

Tout en marchant, il regardait la décoration de l'appartement de Tim, celui-ci le suivait, une méfiance dans le regard.

— Avec mon frère, tu as le gang au complet.

Ce dernier détail étonna Timothée, mais il n'en montra rien.

— Que me veulent-ils ? Ils ont parlé des bijoux volés… Je ne suis au courant de rien dans cette affaire ! s'exclama-t-il.

L'homme au blouson rouge s'assit sur une chaise du salon et poursuivit.

— Le fait que mon frère fut sur le lieu du cambriolage le jour du vol est avéré. Tu étais dans sa chambre à l'hôpital lorsqu'il est mort. As-tu partagé le secret de l'emplacement du butin ? L'as-tu tué pour qu'il te révèle son secret ? Voilà ce qu'ils veulent savoir.

Il marqua un temps de pause en tapotant sur la table.

— Et moi aussi, avoua Alan.

L'angoisse monta chez le jeune homme, même si le ton employé par l'intrus était doux, mais ferme et déterminé.

— Bruno ne m'a jamais parlé d'aucun butin ou cambriolage ; il m'a juste dit à son arrivée, s'être blessé en escaladant la grille d'un stade. Deux jours après, il semblait aller mieux et alors que je revenais de ma douche, je l'ai trouvé inconscient (Il marqua une pause.). Du moins, c'est ce que j'ai cru. Les infirmières se sont aperçues que votre frère était décédé et la police est arrivée au même moment. Les deux flics le recherchaient à cause de sa présence sur les lieux du vol, ainsi que celle de son ADN sur la grille de la propriété de la veuve Douglas. Je leur ai dit ce que je viens de te raconter.

Alan hocha la tête, comme s'il enregistrait chaque détail du récit de Tim.

— Pourtant les médias n'ont pas repris ni diffusé une information capitale : la description de l'assassin de votre frère.

Assassiné… Le rapport d'autopsie parlait d'une anomalie fréquente… Hyperkaliémie. Plasma sanguin. Accident cardiaque. Mort. Il n'a jamais été question d'un meurtre !

Sous le choc de la nouvelle, Alan ne put articuler un mot.

— Vous…Tu n'étais pas au courant ?

Alan bougeait sa tête en signe de dénégation. La tristesse de la perte de son frère laissa progressivement la place à une colère sourde.

Il lança son poing rageur contre le mur.

— C'est impossible !

— Désolé de te l'apprendre comme ça, reprit le jeune homme pleinement conscient de l'ignorance d'Alan, je pensais que la police en avait informé au moins la famille.

L'homme balaya la remarque et sembla puiser une force au fond de son être pour repousser la haine et son désir de vengeance qui montaient en lui.

— Ils ont parlé de l'ADN. La propriétaire avoue avoir formellement reconnu Bruno, entre le portrait-robot qu'elle a livré, des photos récentes et des photos… prises à la morgue. Mais je suis sûr qu'il n'a pas volé ces bijoux, ce n'est pas lui. Pas *lui*.

Alan était venu dans l'espoir de réhabiliter son frère et il se trouvait en plein milieu d'un possible règlement de compte que la police avait dissimulé. Mais il était encore dans le déni.

— Je ne sais pas ce que tu attends de moi, je n'ai pas les

réponses que tu es venu chercher. J'ai même plutôt l'impression d'avoir soulevé de nouvelles interrogations. Je pourrais te décrire l'individu …

Tim s'interrompit.

— Oui ? interrogea Alan.

— Plutôt que le décrire, je peux te le montrer, s'enthousiasma Tim. Suis-moi.

Il l'entraîna dans sa chambre et sortit de nouveau son ordinateur de la veille. Alan embrassa la pièce du regard et contempla ce mélange de composants informatiques, dont les murs rappelaient tous les succès cinématographiques des années 80, où seule la présence d'un lit une place témoignait qu'une personne pût dormir ici.

Sur l'écran de gauche, s'affichait la face d'un homme, à moitié masquée par une capuche rouge, mais dont on apercevait distinctement la mâchoire carrée, le nez camus et, beaucoup moins clairement, le reflet d'un iris bleu acier.

Sur l'écran de droite, les images vidéo défilaient à la vitesse faramineuse du traitement du processeur :

— Voilà ton homme, dit fièrement Tim en lançant une impression. Je te laisse le cliché, tu pourras même le donner aux autres : regarde son blouson, l'insigne…il fait partie du gang. Et tout sera fini.

Devant Alan se déroulait le spectacle de la mort, sous le bras armé de cet homme à qui il pouvait à présent donner un visage. Un visage pour sa haine.

Alan serrait les dents.

Il voulait comprendre, il voulait voir cette vidéo en entier, voir les derniers moments de son frère et puiser l'énergie – négative – nécessaire pour accomplir sa vengeance. Pourtant il rebondit sur les dernier propos de Tim.

— Ce type porte bien le blouson des Raie Manta, mais il n'en fait pas partie, j'en suis sûr. C'est la première fois que je le vois.

Timothée se rappela l'énumération des membres du gang Raie Manta, ceux qu'il avait entrevus par la fenêtre et pourquoi son esprit avait stocké cette information dans son subconscient.

Qui était cet individu sur l'écran ?

12

Dans cette boutique de la vieille ville, qui vendait des vinyles tout aussi anciens, Lebreuil donnait les billets et l'appoint pour cette version très rare d'un disque des Stones, *Aftermath* pour l'UK, au gérant de ce petit commerce : un sosie de Georges Brassens. Cette proximité physique le faisait jouir d'un capital sympathie auprès des clients, et même accréditait un gage de professionnalisme, l'interprète du « Gorille » étant considéré dans le domaine musical.

— Voilà Inspecteur, dit le vendeur à la moustache, si j'ai un nouveau vinyle des Rolling Stones qui me parvient, je vous appelle et vous le mets de côté.

Il était un des derniers à utiliser le surnom de Lebreuil, datant des anciens statuts de la police.

— Merci bien, répondit le policier en saluant.

Il admira l'état de la pochette et sortit du magasin, remonta la rue pavée, slalomant entre les touristes, crêperies et supports de cartes postales.

Lebreuil ouvrit la porte passager de la 307 banalisée, y grimpa et déposa le vinyle sur la banquette arrière.

— Tu as trouvé ton bonheur ? demanda le lieutenant Bertrand, installé derrière le volant, le poste de radio diffusant du jazz.

— *Yes*, répondit l'Inspecteur en montrant une direction du doigt alors que la voiture s'engageait dans la circulation. Pas de Jimi Hendrix cette fois-ci mais je ne suis pas mécontent de ma trouvaille.

La voiture se dirigeait vers un tout autre secteur, sur la place, où certains piétons gâchaient l'atmosphère conviviale du quartier en officiant en tant que dealers, et où une voie de tram coupait perpendiculairement les axes routiers qu'empruntaient voitures, vélos et bus.

Ce quartier leur était tristement célèbre, pour avoir été le théâtre d'un accident, dont Lebreuil et le tramway avaient été les acteurs, suite à cette interpellation l'an dernier qui avait coûté la vie à un jeune trafiquant de drogue.

Bertrand restait concentré sur la chaussée, tandis que son collègue jetait un œil de temps à autres sur les badauds.

Le lieutenant allait rompre le silence en partageant quelques soucis personnels lorsque Lebreuil pressa sa cuisse de sa main.

— Arrête-toi ! Là, le type de dos, en rouge sur le quai du tram.

Parmi la foule qui attendait la rame électrique, se détachait nettement une silhouette portant le même blouson rouge que Lebreuil connaissait si bien pour l'avoir vu sur un cliché. Capuche relevée comprise. Pas besoin de détacher sa ceinture, il ne l'attachait jamais ; le capitaine préparait la sortie du véhicule.

— Fais gaffe, interpeler un type, dans ce quartier…, dit le lieutenant d'un ton qui connaissait les capacités de son supérieur. Il faut être sûr que ce mec là-bas appartienne au gang de la photo.

— Ne t'inquiète pas, le rassura Lebreuil en posant une main sur son bras. Je ne vais pas nous faire virer, tu en connais beaucoup toi des gars qui se baladent en plein mois de juin avec un blouson et capuche ? Cette affaire de cambriolage et de bijoux est explosive et nous allons la désamorcer.

Ou nous allons sauter avec, pensa sombrement Bertrand tandis que l'Inspecteur sortait de la voiture.

— Je vais le rejoindre, je verrais comment se présente la chose, dit Lebreuil à travers la fenêtre au conducteur de la 307.

La cloche signalant l'arrivée du tram retentit dans la rue, le capitaine tapa du poing sur le montant de l'habitacle pour marquer la fin de la conversation et se dirigea vers le quai.

Dans la foule des futurs passagers, l'un d'eux tira une dernière – longue – bouffée sur sa cigarette avant de la jeter au sol.

La rame approchait du quai, elle allait couper la route de Lebreuil ; celui-ci devait intercepter l'homme au blouson rouge avant que ce dernier montât dans le tram. A travers les fenêtres, il aperçut l'homme encapuchonné se baisser, ramasser le mégot encore fumant du passager et le porter à son visage.

Lebreuil contourna l'avant du tram juste quand la sonnerie annonçant la fermeture prochaine des portes retentît et celui qu'il devait intercepter allait quitter le quai pour y pénétrer. Faisant dos au policier, ce dernier vit des volutes de fumée monter depuis la capuche.

L'Inspecteur le saisit brusquement par l'épaule et le maintint en dehors du tram, tandis que celui-ci redémarrait.

— Hé là, j'ai le droit de ramasser ce mégot, dit l'inconnu d'une vieille voix éraillée.

Surpris, Lebreuil ne s'attendait pas à entendre ce genre de voix, il fit faire une volte-face à l'individu et lui retira la capuche.

Le devant du blouson portait bien l'insigne des Raies Manta, mais son « propriétaire » était un sexagénaire portant cheveux et longue barbe parfaitement accordés : blancs et hirsutes.

Pas le gars de la photo, pensa Lebreuil. *Plutôt un Père Noël incognito en civil.*

Une rapide observation lui permit de constater que le reste de l'état de ses vêtements juraient avec celui du blouson et que ses habits portaient les stigmates de plusieurs années passées à vivre dans la rue.

Visiblement habitué à se justifier, peut-être avait-il deviné la profession de celui qui l'avait rudoyé, l'homme qui ressemblait à un SDF rétorqua à un Lebreuil étonné :

— Je suis d'utilité publique *Monseigneur.*

Il se baissa dans une révérence ironique et poursuivit sur un ton tout autant cabotin.

— Je ramasse ce que les gens jettent ; ce qui n'est plus bon pour eux est bon pour moi. Quel mal y a-t-il à ça ?

Conscient de son erreur, Lebreuil ne voulait pas perdre pour autant l'ascendant psychologique sur son interlocuteur et sans s'excuser ni révéler ses intentions réelles, il présenta sa carte de police, lui laissa le temps de lire son nom et expliqua :

— Il est formellement interdit de fumer dans les transports en commun et comme vous alliez enfreindre cette loi, il me semble…

Le lieutenant Bertrand vint les rejoindre et le SDF les regardait tour à tour.

— Vous opérez en civil, donc vous êtes au moins des officiers de police, dit ce dernier avec l'œil pétillant, pour arrêter les clodos qui fument dans les transports…A moins qu'il n'y ait plus aucun autre délit, vous êtes là pour autre chose.

Ce n'était pas une question.

Et Lebreuil le savait.

— Ce blouson, c'est vraiment le vôtre ? demanda le capitaine.

Ce n'était pas vraiment une question…

L'étincelle disparut du regard du vieil homme de la rue. Il comprenait qu'il allait très certainement devoir rendre son blouson, une fois que celui qui devait être le subordonné – son retard probablement dû au stationnement de leur voiture en attestait – lui aurait annoncé qu'il s'agissait d'une pièce à conviction dans une affaire en cours et tout le vocabulaire de circonstance.

— Il s'agit de l'histoire de la veuve Douglas ? demanda-t-il.

— Je ne peux rien vous dire, répondit Lebreuil, étonné que le bruit de l'affaire soit déjà parvenue dans ces milieux.

— Alors moi non plus.

Le sans-abri était satisfait de l'effet de sa question sur

l'officier.

— Peut-être qu'une nuit au poste pourrait vous aider ? répliqua Bertrand

— Comme tu y vas, le coupa Lebreuil. Ce n'est pas une façon de parler à un éventuel témoin.

Bon flic. Mauvais flic. Leur duo est bien rôdé, pensa le SDF.

— Une nuit au poste, non, mais une bouteille de jus de tomates et un paquet de clopes devraient faire l'affaire.

Face à l'air surpris de ses interlocuteurs, il poursuivit.

— Eh oui messieurs, fini le mythe du clochard qui ne tourne qu'à la vinasse, certains prennent soin de leur santé. Les cigarettes, c'est ce que j'appellerais…du luxe.

Décidemment, tout change, même chez les « habitants » de la rue.

— Vendu ! D'un geste du menton, Lebreuil indiqua à Bertrand qu'il pouvait partir acheter les denrées demandées par le sans-abri. Alors ?

— Je l'ai récupéré honnêtement, comme le mégot ; de toute évidence quelqu'un n'en voulait plus.

— Qui est ce quelqu'un ?

— Aucune idée, je suis rentré dans la cour de la résidence H. Calys, juste avant que la porte se referme, et il était dans une des poubelles. A vous de voir les noms sur les boîtes aux lettres de la résidence.

— La résidence H. Calys, s'interrogea comme pour lui-même Lebreuil, mais c'est près de l'hôpital ça ! C'était quand exactement ?

— Il y a deux jours environ…

Le SDF cherchait mentalement un indice pour confirmer cette date.

— Mardi soir, mardi dernier. Je me souviens car j'ai croisé les gens qui revenaient du match.

Mardi… Bruno avait été assassiné mardi matin. Les poubelles étaient ramassées quotidiennement. Il a été admis aux urgences dans la nuit de dimanche à lundi, ce n'est donc pas son manteau qu'il aurait déposé juste avant.

Les pensées se bousculaient dans la tête du capitaine tandis que Bertrand revenait avec le jus de tomates et des paquets de cigarettes.

— Merci messieurs, dit le SDF en retirant son blouson pour devancer la demande des policiers et récupérant les achats de Bertrand, concluant ainsi leur marché.

— Est-ce que vous…trainez souvent par ici ? interrogea Lebreuil. On aura besoin de vos empreintes pour les éliminer de celles que nous trouverons sur le blouson.

Bertrand enfila des gants en latex, sortit un sac en polyéthylène et y glissa la preuve portant l'insigne des Raie Manta.

— Vous êtes ici chez moi ! s'exclama le vieil homme en écartant les bras. C'est mon domaine et si vous me cherchez, demandez « Prof », surnom dû à mon passé où j'enseignais l'histoire en faculté, tout le monde saura de qui il s'agit.

— C'est noté ! De votre côté, si de nouveaux éléments vous reviennent, demandez « l'Inspecteur », tout le monde saura de qui il s'agit…

Les deux officiers firent demi-tour en direction de la voiture lorsque le sans-abri les héla :

— *Messeigneurs* ?

Ils se retournèrent et virent Prof, une cigarette à la bouche, mimant du pouce le geste d'une molette que l'on frotte sur une pierre. Il acheva sa requête d'un hochement de sourcil.

Après un bref échange de regards et l'assentiment de son supérieur, Bertrand lança son briquet que le vieil homme rattrapa au vol puis celui-ci les gratifia d'une dernière courbette.

— Curieux personnage… dit Bertrand.

Lebreuil ne répondit pas : tout tournait autour de Bruno, il était forcément lié au cambriolage et – légalement – il ne pouvait espérer interroger ses « amis » aux blousons rouges. Pour l'instant.

Son agresseur n'avait pas seulement masqué son identité, il voulait se faire passer pour un membre des gangs des Raies Manta. Pour quelles raisons ?

13

Tim récupéra la feuille dans le bac de l'imprimante et regarda la photo de l'homme aux iris bleu acier.

— C'est curieux, fit-il en la tenant précautionneusement, le temps que l'encre sèche.

— Quoi ? demanda Alan, assis devant les écrans à regarder le défilement des vidéos.

— La *timeline* indiquée sur l'impression…Elle date de lundi. Ton frère a été…tué mardi.

Il est venu une première fois, observer sa future proie, pensa Alan avec rage.

D'un geste du doigt, il demanda à Timothée de lancer la vidéo correspondante qui s'exécuta. Ils virent l'inconnu prendre son temps, regarder sa montre, jeter un regard de temps en temps vers la porte, regarder la fiche de surveillance, prendre des notes…

— Il connaissait les habitudes de l'hôpital, les rondes du personnel soignant, les vérifications des constantes, s'exclama Alan.

Il tapa du poing sur le bureau.

— La police m'a expliqué que son décès avait été provoqué par l'injection de potassium, parce qu'il souffrait d'une insuffisance rénale…Mais ce n'était pas du hasard : il l'avait lu !

Alan se tourna vers Tim :

— Montre-moi la vidéo où ce monstre est revenu tuer Bruno !

— Tu es sûr que tu veux revoir ? Avec les autres qui montent…

— Montre-la-moi ! ordonna Alan.

Tim obéit et la séquence qu'il avait vue la première fois

en présence du capitaine Lebreuil se diffusa avec ce même déroulement funeste. Alan serrait les dents, il fixait l'écran comme fasciné par une attirance morbide où il voyait les derniers instants de son frère.

Où il voyait son frère mourir.

Alors qu'il relançait la lecture de la vidéo pour une troisième fois, Tim fit un geste pour éteindre l'écran.

— Non, intima Alan.

Les enfants aiment avoir peur. Les adultes aiment avoir mal, songea Tim.

— « Accès restreint », se vantent-ils à l'entrée du service à l'hôpital, ironisa ce dernier. Il devrait plutôt y avoir la mention « Comme dans un moulin ».

Alan perçut très mal cette remarque se leva et plaqua son visage à quelques centimètres du visage de Timothée. Il réprima une forte envie de l'empoigner par le col :

— Comment réagiraient tes parents s'ils apprenaient que tu es accusé d'un délit et qu'une peine de prison ferait de toi l'opprobre de la famille ?

— Ils…ils seraient surpris, bredouilla Tim.

Alan se dégagea puis se retourna.

— Tu l'as dit toi-même : son ADN a bien été trouvé sur la grille de la propriété, argua timidement le jeune geek, tu avoueras que ce n'est pas le passage normal pour un déménagement. Le témoignage de la veuve concorde également. Il faut se rapprocher de la police et…

Alan venait de l'interrompre d'un revers de la main.

— Il faut d'abord que nous sortions d'ici. Et rapidement.

14

Tim et Alan sortirent de l'appartement avec la précipitation de ceux qui ne savent où aller. Un brouhaha et la rumeur de voix hostiles provenaient des étages inférieurs.

— Ils montent, dit Alan se penchant dans la cage d'escalier. *Les Raie Manta.*

— Alors il est trop tard pour partir de ce côté, rétorqua Tim en désignant le bas. Nous devons monter !

— Monter, pour aller où ? s'enquit le frère de Bruno.

— Il existe deux passerelles qui relient cet immeuble à celui d'à côté, expliqua Tim. Une en-dessous, mais il doit être trop tard pour descendre. Et une au dixième étage, c'est celle-là que nous devons rejoindre.

Alan opina et enjoignit Tim de le suivre vers les étages supérieurs.

Durant l'ascension, le jeune homme s'aperçut que le souffle lui manquait cruellement et il aurait voulu prétexter une pause en exposant l'historique de la construction de ces immeubles, la conception de l'architecte et la signification de ces deux passerelles, mais il se rendait bien compte que le temps jouait contre eux. Il atteignit péniblement le neuvième étage et s'arrêta, hors d'haleine.

Lorsqu'il s'aperçut que Tim ne le suivait plus, Alan l'interpela :

— Allez Tim, Allez !

En soufflant, Timothée hocha la tête et reprit son ascension, d'une allure plus lente. Lorsqu'il était enfant, il montait souvent au dixième étage pour jouer, les jours de pluie. L'immeuble prenait le rôle d'un donjon – avec l'anachronisme de l'ascenseur –, la passerelle celui d'un pont-levis et Lucie, une charmante voisine, celui de la princesse à libérer.

Aujourd'hui c'était lui qu'il s'agissait de sauver et le danger était autrement plus réel que les dragons imaginaires ou autres êtres malfaisants joués, bien malgré eux, par des voisins acariâtres.

— La porte est cadenassée ! s'écria Alan.

Lorsque Tim arriva à son tour, il sourit.

— Pas de souci, c'est un cadenas à chiffre.

Alan s'était déjà approché de la serrure.

— Alors, c'est quoi le code ?

— Aucune idée, répondit Tim à Alan qui fronça les sourcils d'incrédulité.

Tout en faisant tourner les molettes du cadenas et en en manœuvrant l'arceau métallique, Tim expliqua que le syndicat de copropriété des immeubles avait voté depuis longtemps que le verrouillage des parties communes dont l'ouverture n'était pas régulière serait assuré par des cadenas à chiffres. Une aubaine pour lui et son ami Fabien, puisqu'ils s'étaient lancés le défi de trouver les combinaisons de ce type d'appareil de fermeture le plus rapidement possible et se faisaient un plaisir cynique d'apposer une étiquette avec le code inscrit bien visiblement. Barrière, casier, porte, valises…tout était bon pour déjouer ces serrures.

— Et voilà ! fit Tim, retirant le cadenas et faisant jouer la porte – grinçante – sur ses gonds.

Devant eux s'offrait le spectacle d'une passerelle reliant les deux immeubles. Mélange curieux de béton, poutrelles en treillis et câbles, le tout en très mauvais état.

Cette fois, Tim prit le temps d'expliquer l'architecture des bâtiments, occasion pour reprendre un peu plus le souffle qu'il avait perdu lors de l'ascension.

Par la construction de ces deux passerelles, l'architecte de l'époque, anglophile dans l'âme, avait voulu reproduire, de façon très personnelle, le *Tower Brige* qui enjambait la Tamise à Londres.

— Eh bien, les Anglais ne risquent pas de porter plainte pour plagiat ! ironisa Alan en se représentant le célèbre pont basculant.

L'action combinée – et répétée – de la pluie, du vent, du gel, autres intempéries et le manque d'entretien – répété également – avait eu raison des différents matériaux, faisant éclater le béton, rouiller le fer et donnant un aspect des plus lugubres à la passerelle. Un aspect que n'aurait pas renié l'architecte s'il avait revu son *œuvre*.

Les deux jeunes hommes s'engagèrent sur la passerelle, qui les accueillit par un grincement sinistre.

— Le cahier des charges donné à l'époque pour la réalisation des bâtiments exigeait qu'ils tiennent quarante ans…Il y a quarante ans ! fit Tim tout en progressant avec précaution, les pans de béton absents du tablier renforçant l'impression de vide.

L'accès à la passerelle en tant que terrain de jeu leur fut interdit bien avant son délabrement. Le syndicat n'avait pas officié dans le seul achat de cadenas ; certains de leurs membres, avaient œuvré pour le respect absolu du règlement : ils le brandissaient en tapotant le passage concernant « l'infraction » constatée. Règlement intérieur écrit et voté par eux-mêmes.

Ils pouvaient faire cesser toutes activités de jeux des enfants de la même façon dont ils se prenaient avec les adultes pour leur signifier l'absence d'un paillasson devant leur porte, la non-conformité des plaques nominatives… Les moins courageux agiraient anonymement et sans prévenir les habitants, tandis que les plus vicieux les désigneraient à la vindicte publique lors de la prochaine assemblée générale.

Ce fut dans ces circonstances que l'accès et la pratique de certaines activités de jeux furent prohibés au sein de la copropriété.

Face à eux, Alan et Tim apprécièrent la forme

décagonale que l'architecte avait donnée à la structure de l'immeuble dont ils s'approchaient à chaque pas. Dix appartements répartis autour d'une colonne centrale, contenant locaux techniques ainsi que les accès par les escaliers et l'ascenseur, que ceinturait un couloir circulaire.

— Ôte-moi d'un doute, s'enquit soudainement Alan. La porte d'en face, elle est fermée également ?

Tim stoppa sa progression.

— Heu…je t'avoue ne pas y avoir pensé, répondit ce dernier. Si les vieux du syndic' ont respecté leurs habitudes, le même dispositif de fermeture se trouvera en face.

— Et on y aura accès ?

— Je l'espère, souffla Tim.

Une fois arrivé en face, il s'agenouilla, fit jouer la poignée et parvint à ouvrir la porte sur un mince interstice.

— Je vois la chaîne, je peux la faire tourner pour atteindre le cadenas, reprit-il en joignant le geste à la parole.

Alan gratifia un des débris en béton du tablier d'un coup de pied qui l'expédia quasi trente mètres plus bas. Le jeune homme piaffait d'impatience.

Le bruit de la chaîne se déroulant retentit à ses oreilles ; Tim avait trouvé la combinaison de nouveau. Ils franchirent le cadre de la porte tandis que le battant, en s'ouvrant, heurta un obstacle.

— Aïe !! fit une personne, le cri étouffé par les mains qu'elle portait à son nez.

— Oups, fut la réponse gênée de Tim, affichant un air désolé.

— Qu'est-ce que vous faisiez sur cette passerelle ? demanda l'homme. Il est strictement interdit de…

Il venait de marquer une pause en fixant Tim.

— Je te reconnais, reprit-il, tu es le fils de ceux du 4ème étage, en face. Ils ont fait une demande pour la pose d'un store. A la prochaine réunion de copropriété, je crois savoir quelle sera ma réponse s'ils ne viennent pas me présenter des excuses pour le comportement de leur fils.

Timothée reconnut également cet homme, portant un pantalon, une veste de velours marrons – agrémentée de coudières en daim ! –, un pull moutarde et un foulard de soie : un mannequin pour le mauvais goût. La soixantaine, celui qui se prenait pour un vieux beau et qui ne méritait que le premier adjectif, avait fait partie de ceux qui avaient condamnés l'accès à la passerelle aux enfants qu'ils étaient.

Visiblement, le temps des réflexions de Tim ne convenait pas au caractère de l'homme qui se tenait en face de lui.

— Hé ho, tu réponds quand je te parle ! A soixante balais, j'aimerais un peu plus de respect.

Le respect ça se mérite, ce n'est pas une question d'âge, pensa Tim soudain revenu à la réalité, tandis qu'Alan restait en retrait et jetait un œil en arrière de temps en temps.

— Entendu Monsieur, s'entendit répondre Tim sur un ton respectueux. Monsieur ?

— Je te connais et si toi et tes parents voulez votre store, il va falloir apprendre à me connaître.

— Monsieur *Enculé*, ça me revient ! rétorqua cette fois-ci le jeune homme.

L'*Enculé* en question eut le souffle coupé par sa réponse, et, sans se répartir de son air outré, il se rapprocha au plus près de Tim et tapota de l'index sur sa poitrine.

— Tu fais l'malin ? Fais attention, te fous pas de ma gueule, riposta le sexagénaire.

N'en tenant plus, Alan se redressa et s'avança à la hauteur des deux hommes.

— Quel est le problème ? Monsieur, il me semble que votre réaction est disproportionnée et si vous souhaitez que nous réglions ce différend ensemble…

La menace était claire et l'homme, qui était ni bête ni téméraire recula de quelques pas.

— Bien, fit Alan puis, se tournant vers Tim. Il faut y aller, les autres ne vont pas tarder à monter et s'ils trouvent la porte ouverte en face, ils feront le rapprochement…

Tim opina et ils reprirent leur course.

Les deux jeunes gens s'éloignant, le sexagénaire retrouva son courage :

— Et il est interdit de courir dans les couloirs !

Pour toute réponse, Tim brandit un doigt d'honneur, sans se retourner.

— Pffff, maugréa l'homme en haussant les épaules et se dirigeant vers la porte avec la ferme intention de la verrouiller, tout en pensant à faire condamner l'embrasure définitivement.

Accroupi, affairé à réajuster la chaîne, le loquet et le cadenas, il ne put éviter la porte lorsqu'elle s'ouvrit brusquement de nouveau.

Deux fois dans la même journée ! s'étonna-t-il en découvrant le sang rouge s'échapper de son nez, tout comme les personnes, toutes de rouges vêtues, s'échappaient de l'ouverture.

— Hé papy, faut pas rester planter là ! dit un des Raie Manta en bousculant l'homme à terre.

— Par-là, fit un autre membre en indiquant la direction de l'ascenseur.

Le ronronnement de la machinerie de l'ascenseur résonnait dans le couloir circulaire de la structure décagonale et, au-dessus des portes métalliques fermées, l'afficheur électronique décomptait le numéro des étages.

Sept, six, cinq…

La Fouine se pencha et jeta un coup d'œil dans la cage d'escalier.

— Tu entends quelque chose ? demanda un de ses acolytes.

D'un geste de la main, le chef de la bande lui intima l'ordre de se taire.

— Nous allons descendre jusqu'à l'ascenseur, dit-il aux membres à ses côtés. Un d'entre vous fera le tour de chaque étage en-dessous.

Puis s'adressant au Raie Manta resté près du vieux qui se relevait doucement :

— Viens, on descend, laisse-le partir, il n'est pas bien dangereux.

Celui qui venait de se faire interpeler, jeta un dernier coup d'œil au vieux et rejoignit les autres.

— … Et de quatre, murmura une voix depuis la porte à peine entrouverte du local technique, tandis que le jeune homme en blouson rouge venait de dépasser ceux qui les observaient, reclus près des tuyaux d'eau et de chauffage.

Le bruit des pas de course retentissait s'affaiblissant dans les escaliers.

Le vieil homme venait de quitter le dixième étage après s'être épousseté et avoir cadenassé la porte.

— Que faisons-nous ? demanda Tim depuis le local exigu.

— Nous allons retraverser la passerelle et descendre tranquillement en face, pendant qu'ils nous chercherons ici, répondit Alan, le sourire de biais.

Ce dernier ouvrit la porte et lorsque Tim comprit toute l'ingéniosité du plan de son compagnon, il donna un coup de poing de satisfaction dans le bras de ce dernier.

— Tu m'as *dead* là, ça gère la fougère ! s'exclama Tim.

— Hein ? s'interrogea Alan en se retournant, visiblement décontenancé.

— Je veux dire, c'est cher de la frappe ton idée.

— Ah. fit Alan qui semblait avoir compris le sens de l'expression, plus à l'intonation de Tim. On verra ça quand on sera dehors et en bas.

L'ouverture du cadenas et le trajet se fit sans encombre, tout comme la descente en bas de l'immeuble.

Tim et Alan parvinrent à la moto de ce dernier, stationnée aux abords de la résidence.

Alan enfourcha son véhicule, donna un coup de kick pour le démarrer et d'un geste de la tête, invita Tim à la rejoindre sur le siège derrière lui.

— Tu n'as pas de casque ? demanda-t-il, inquiet.

— Je n'ai pas ça en magasin ; alors tu viens ?

Tim sembla hésiter et alla répliquer lorsque des voix se

firent entendre « Là-bas, sur la moto ! ».

Les deux jeunes hommes tournèrent la tête en direction de la provenance de ces voix et aperçurent les Raie Manta au loin, en bas des tours d'immeuble, l'un d'eux les désignant du doigt.

— C'est peut-être pas le moment de discuter sécurité routière, lança Alan.

Tim hocha affirmativement la tête sans prononcer un son, monta à l'arrière du deux-roues, toujours en fixant les jeunes qui se rapprochaient.

La moto démarra en trombe, dans un dérapage de la roue arrière qui projeta une volée de gravillons tandis que les Raie Manta parvenaient à leur hauteur en courant.

Ils ne purent que tousser et constater leur échec.

Dans un des rétroviseurs, Alan jeta un dernier coup d'œil et observa l'architecture : ces deux tours flanquées de deux passerelles métalliques.

— Non, décidément ça ne ressemble pas au *Tower Bridge*, cria Alan à l'attention de Tim.

— Attends, non mais carrément ! répondit ce dernier.

La moto se rapprocha du centre-ville, dépassa les premiers immeubles, serpenta à travers les différentes artères puis laissa un grand bâtiment blanc aux nombreuses fenêtres barriérées deux cent mètres derrière avant de s'arrêter.

Devant l'air étonné de Tim, Alan s'expliqua en désignant le bâtiment au bout de la rue : un panneau portant la mention « Police Nationale » y était apposé et un agent en uniforme en faction se tenait au-dessus de la volée de marches gardant l'entrée.

— C'est ici que nos chemins se séparent. Tu peux aller chez les flics, leur demander la protection de témoin pour te protéger des Raie Manta, exposa Alan.

— Et toi, que vas-tu faire ? s'enquit son passager.

— Une telle quantité de bijoux, le voleur n'aura qu'un endroit où il pourra les refourguer et je le connais.

Tim descendit de la moto et serra la main d'Alan. Leurs regards se croisèrent et une émotion muette passa entre eux. Alors qu'il remontait la rue en direction du commissariat, Tim se retourna une dernière fois et prit son inspiration, comme s'il allait puiser ce qu'il allait dire au plus profond de lui-même :

— Pourquoi est-ce si important pour toi de retrouver ce type ? Qu'est-ce que tu feras une fois en face de lui ? Ça ne te rendra pas ton frère.

Sans même attendre de réponse, il se retourna et s'éloigna.

La voix d'Alan l'interpela :

— Est-ce que tu sais ce que ça fait de décevoir ses parents alors qu'ils ont fondé des espoirs en toi ?

Tim se retourna soudainement. *Bien sûr que je sais, trop bien même*, pensa-t-il.

— J'étais l'aîné, poursuivit Alan, j'ai déconné…de la taule. Mes parents ont eu honte. Mon petit frère, je ne voulais pas qu'il tombe là-dedans, je ne voulais pas qu'il croise leurs regards s'il venait à les décevoir ; s'il venait à suivre son grand frère. Alors je l'ai repoussé. C'était une erreur, en le rejetant, je l'ai poussé dans les bras de ce gang. Et là il n'est même plus là pour se défendre. Notre famille a déjà dû faire face à assez de douleur pour avoir à gérer le déshonneur.

Il marqua une pause.

— Une part de moi veut se venger de son meurtrier…Je ne sais pas comment je réagirais si je le retrouve, mais tout ce que je veux : c'est réhabiliter Bruno.

Réhabiliter ou réparer ? pensa Tim, qui garda sa réflexion pour lui.

— Nous pourrions contacter Lebreuil, le flic qui est venu me rendre visite à l'hôpital. Même s'il m'a demandé de ne plus le contacter, il pourrait nous aider.

Alan secoua la tête en signe de dénégation.

— Je ne suis pas sûr que l'innocence de mon frère soit une priorité pour lui. Il a eu droit à une accusation et une condamnation posthume. Ils ont préféré jeter mon frère en pâture à la vindicte populaire…

Il débraya et enclencha la première vitesse de son enduro du pied ; dans un concert d'embrayage, d'accélérateur et de crissement de pneus, il fit volter la moto pour indiquer que la discussion était terminée.

Tim reprit sa route vers le commissariat.

Alan réenclencha le point mort et sortit son smartphone de la poche intérieure de son blouson. Il saisit une adresse dans l'application GPS et lança la recherche pour la navigation.

Une adresse où je n'aurais jamais cru devoir retourner, pensa-t-il.

Il voulait remonter la trace de l'assassin de son frère, s'il y avait une grande part de vérité dans sa quête de réhabilitation, Alan ne voulait pas inquiéter Tim sur ce qu'il adviendrait en cas de confrontation.

Pour l'instant, il contenait sa colère.

Alan fut tiré de ses réflexions lorsqu'une main vint le saisir par l'épaule.

rouleuse, ses feuilles et son tabac, au sol.

De l'autre côté de la porte, se tenait Lebreuil dont le contrecoup de la résistance à l'ouverture avait envoyé voler une bonne partie des documents de son dossier.

Le premier à réagir fut le policier à terre.

— Vous ne m'avez pas vu, sérieux, avec une porte en verre ?

Lebreuil jeta un regard circulaire à ce qui se trouvait à terre. Droux y compris.

— C'est pour fumer que vous avez quitté votre poste, nota sèchement le capitaine. La prochaine fois, ne prenez pas des roulées.

Droux se releva et se massa un coude douloureux.

— Sérieux, c'est juste votre réponse, pas d'excuse ni rien.

— Vous n'étiez pas en pause que je sache, rétorqua l'Inspecteur.

– En pause de quoi, sérieux, il ne se passe rien ici, fit-il en embrassant d'un geste large la rue et l'absence d'activité.

Bertrand achevait de ramasser les documents et les replacer dans la pochette tandis que le gardien de la paix poursuivait sa plaidoirie.

— A part des gamins en plein désœuvrement, qui passent et repassent sur leur moto, sans casque et avec le majeur tendu pour narguer la police, sérieux, il n'y a pas grand-chose à surveiller.

Lebreuil allait rétorquer une de ses phrases assassines lorsque Droux porta son regard sur une photo que le lieutenant tenait à la main.

— Hé, ce gosse-là, sur la photo, il faisait partie d'un des gamins justement. Ils sont passés ici tout à l'heure, sérieux !

La photo en question figurait sur la copie de la pièce d'identité de Timothée Soler.

Le capitaine l'empoigna par le revers du col de sa veste et l'attira, le visage à quelques centimètres du sien.

— Qu'est-ce que tu dis ? *Sérieux*, il insista ironiquement sur ce mot. Tu as vu passer un des témoins de l'affaire

(Lebreuil « omettait » d'indiquer que légalement, la déposition de Tim n'avait jamais eu lieu.) dont tout le monde parle dans les journaux et tu me dis qu'*il n'y a rien à surveiller*.

Bertrand alla intervenir quand Lebreuil lâcha le policier.

— Ils étaient deux, celui de la photo était à l'arrière, celui qui conduisait portait un blouson rouge...

A ces mots, Lebreuil fulmina, arracha l'impression d'écran récupérée par Tim à l'hôpital et la brandit aux yeux de Droux.

— C'était lui ?

Le gardien de la paix prit le temps d'examiner la photo avant de bredouiller négativement.

Le cliché pris à l'hôpital ne permettait pas de discerner clairement les traits de l'individu.

L'Inspecteur rendit la photo à son lieutenant, se massa les tempes, prit sa respiration et encouragea Droux à poursuivre son récit.

— Ils se sont arrêtés à une centaine de mètres d'ici, ils ont un peu discuté, se sont salués et celui de la photo est venu dans ma direction. L'autre a démarré sa moto, et d'un coup, le jeune s'est arrêté, a semblé réfléchir et est reparti vers la moto.

Lebreuil regarda pendant quelques instants en direction de là où se trouvait la moto et s'adressa à Bertrand.

— Il est venu jusqu'ici avec un des types au blouson rouge. Il avait l'intention de parler à la police, puis il est reparti sans même être entré. Pourquoi ?

— Nous trouverons peut-être des éléments de réponse en allant interroger celui que ces mecs ont agressé, suggéra le lieutenant.

— Tu n'as pas tort, allons-y. Puis à l'attention de Droux, il demanda si, à tout hasard, il n'aurait pas retenu la plaque d'immatriculation.

— Des mecs à moto qui circulent sans casque et passent en nous insultant, il y en a pas mal par jour, alors là, aucune agressivité, sérieux je n'ai pas pris garde, mais c'était si inhabituel que j'aurais peut-être dû faire plus attention, railla le gardien de la paix.

Sa réponse négative n'étonna guère Lebreuil, mais il appréciait son ironie.

Droux avait fini par indiquer qu'il se souvenait de la marque et du modèle de la moto ; L'Inspecteur lui donna l'ordre de se faire remplacer pour la surveillance de l'entrée et qu'il trouvât un collègue et une voiture pour partir à leur recherche.

Pierre Droux opina, ramassa les témoins de son tabagisme et remercia intérieurement celui qui l'avait enlevé de cette corvée pour l'envoyer vers une tâche bien plus intéressante.

Lebreuil sourit. Ce flic n'était pas un mauvais bougre, et mieux que ça, il n'était pas un lèche-cul. *Ce qui était déjà en soi une qualité plutôt rare.*

La moto filait et faisait un véritable gymkhana entre les files de voitures pour s'échapper du centre-ville. Alan maîtrisait son véhicule à la perfection et son pilotage était à la hauteur de son assurance. Malgré ses qualités de conduite, Tim, installé à l'arrière se cramponnait aux poignées dédiées à cet effet, se demandant entre autres, si en cas de freinage brusque, les poignées tiendraient le choc.

Le jeune homme s'interrogeait beaucoup sur son choix de suivre Alan dans sa quête de réhabilitation de son cadet. Tim, à une dizaine de mètres du commissariat repensait à ce dont Alan lui avait parlé : l'image que ses parents avaient de lui ; sans avoir jamais pensé qu'ils pussent avoir honte de lui, n'étaient-ils pas plus fiers de la réussite de sa grande sœur ? Ne le trouvaient-ils pas en deçà des ambitions qu'ils avaient eues pour lui ?

D'une même génération, les deux jeunes gens parlaient pourtant un langage différent : le langage de la cour d'école pour l'un – même si c'était celui avec le bulletin scolaire en bas du classement –, le langage de la rue pour l'autre.

Les deux langages pourtant, étaient un moyen de survivre, dans un environnement différent, mais non dénués d'agressivité.

Tim n'avait jamais accompli de grandes choses dans sa vie, l'occasion lui était donnée et cette déception dont souffraient leurs parents, le rapprochait d'Alan ; il voulait l'aider.

Pour la première fois de sa vie, il se sentait capable d'accomplir de tels exploits.

Suite à l'appel téléphonique de Paul Fournier, puisque c'était ainsi que se prénommait le « vieil homme » qui fut molesté, à deux reprises dans la même journée, par des jeunes en blouson rouge, le capitaine Lebreuil et le lieutenant Bertrand s'étaient rendus en personne à son domicile pour enregistrer la plainte. Sans savoir qu'il ne s'agissait pas de la procédure habituelle, Paul Fournier avait relaté avec précision, tout en déviant par ses commentaires et interprétations personnelles. Les deux policiers l'avaient réorienté à plusieurs reprises pour le ramener au cœur du sujet.

Ils sortaient de l'appartement du retraité sans information valable à traiter.

Lebreuil repassait mentalement l'entretien dans sa tête ; le mal-être de Paul Fournier résidait plus dans son quotidien que de l'altercation réelle dont il avait été victime : lui et son épouse souhaitaient vendre leur appartement mais personne ne voulait habiter dans ce quartier désormais. Avec le montant d'une éventuelle revente, ils iraient passer leur retraite dans les pays du Maghreb, là où le climat est meilleur — et surtout moins cher — et rejoindre ces résidences où ils ne resteraient qu'entre Français et partageant leur emploi du temps entre piscine, tennis et repos. Paradoxalement, l'Inspecteur était sûr, par certains de ses propos, que Paul Fournier était le genre de personne à râler devant son poste de télévision que les Etrangers qui venaient en France ne s'intégraient pas et restaient en ghetto…

Cette ironie l'amusa lorsque Bertrand l'interpela.

— Ça pique les yeux.

— Quoi ?

— Je disais, cette déco chargée, ces canevas au mur… Brrr, ça pique les yeux, fit Bertrand semblant ressentir un réel frisson.

Lebreuil sourit à sa remarque.

— Tout ça ne fait pas notre affaire, sauf si on se recycle en décorateurs…Si tu aimes relever les challenges.

— Non merci, ce sera trop de trajets à la déchetterie pour moi.

— Alors restons sur l'enquête, poursuivit Lebreuil. On est pas loin de l'appart' du gamin, non ?

— C'est l'immeuble d'en face mais Droux l'a vu partir dans la direction opposée et d'après le vieux, il n'y a personne en ce moment.

— Justement, fit-il en lui adressant un clin d'œil.

Les portes de l'ascenseur s'ouvrirent, Lebreuil invita d'un geste son collègue à sortir en premier.

— Je ne sais pas si c'est une bonne idée, fit ce dernier.

— Tu as peur de passer en premier ? plaisanta l'Inspecteur. Je peux passer devant si tu veux…

— Ce n'est pas ça, tu le sais bien. Aller dans cet appartement, comme ça, sans aucun mandat, alors qu'on est toujours dans le viseur des grands chefs…On risque gros.

— On n'y voit rien ici, où est la minuterie, dit Lebreuil sans faire attention à la remarque du lieutenant tout en tâtonnant à la recherche d'un interrupteur.

— Dans mon immeuble ils ont installé des détecteurs de mouvements, ça coûte plus cher à l'installation mais c'est plus pratique et on y gagne économiquement sur la durée.

— Tu vas vraiment devoir te recycler dans le bâtiment. Ah, fit Lebreuil en enclenchant la minuterie, et la lumière fut. Non merci, moins je dépends de l'électronique, mieux je me porte.

Alors qu'ils arpentèrent le couloir, le capitaine prit son inspiration.

— Tu sais, je ne suis pas complètement stupide et je compte bien agir avec le plus de prudence possible mais…

Bertrand se demandait pourquoi son collègue s'était soudainement interrompu lorsque celui-ci lui indiqua du menton une porte entrouverte d'où la lumière projetait une ombre mouvante sur le mur opposé.

— Quelqu'un vient de rentrer dans cet appartement, fit Lebreuil à voix basse en montrant la porte du doigt ; vu comme il était accroupi en face de la serrure, il y a de fortes chances qu'il n'ait pas vraiment la clé et qu'il s'agisse de l'appartement du gamin.

Les deux policiers avancèrent à pas feutrés dans le couloir. Arrivés à la hauteur de la porte, tapota sur le nom inscrit sur la sonnette : « Soler ».

— *Bingo !* fit Lebreuil intérieurement, *et même pas besoin de dissimuler une effraction.*

— On peut vous aider ? demanda Bertrand au jeune homme qui errait dans l'appartement.

Il devait avoir dans les vingt ans, portait un jean, un sweat bleu et une paire de Converse, plutôt d'une allure décontractée, même lorsqu'il fut interpellé.

— Z'êtes qui ? demanda-t-il, sans se soucier réellement de leur présence.

— Police, dit Bertrand en brandissant sa carte professionnelle.

— Comme il se la racle celui-là, fit le jeune homme goguenard. On dirait *les Experts.*

Il les jaugea puis courut vers la porte d'entrée et se précipita dans le couloir si brusquement qu'aucun des policiers ne pût réagir.

Sans prendre le temps de réfléchir, Lebreuil se lança à sa poursuite, vit le fuyard de dos, un message inscrit sur son sweat bleu annonçant « Han shot first » et s'éloignait déjà au bout du couloir.

Pas de temps à perdre, pensa le capitaine qui, à défaut de revenir sur sa proie ne perdait plus de terrain. Cette dernière s'engagea dans la cage d'escalier et dévala les marches, tandis que Lebreuil prit sa respiration et sautait de demi-palier en demi-palier. Ses genoux lui rappelèrent son âge à chaque secousse mais le policier ne lâchait rien : il revenait sur le jeune homme tandis que le numéro indiquant l'étage diminuait.

Premier étage. Il fallait tout donner, sinon ils allaient revenir sur un terrain plat, plus propice à la course et ce que Lebreuil imposait à ses articulations, son cœur ne pourrait le supporter.

Plus qu'un mètre.

Soudain, l'escalier, le sweat et « Han shot first » disparurent, faisant soudain place à une obscurité totale, accompagnée d'une bande-son mêlant cris, bruit de chute et raclement de corps sur le sol.

Le silence.

Puis le « clac » d'un relais électrique s'enclenchant résonna dans la cage d'escalier et précéda le retour de la lumière. Bertrand, qui se tenait à côté de l'interrupteur de la minuterie, vit Lebreuil allongé, plaquant le jeune homme par la taille, tous deux allongés au sol.

— Ça va ? demanda le lieutenant à son supérieur.

— Fais-moi penser à demander la pose de détecteurs de présence dans mon immeuble à la prochaine réunion de copro ! répondit Lebreuil, maitrisant toujours le fuyard.

Une fois le jeune homme relevé, les fonctionnaires de police l'avaient questionné pendant qu'ils remontaient vers l'appartement de Tim et que poursuivant et poursuivi massaient quelques parties endolories de leur corps. Le jeune homme demanda s'il ne fallait pas qu'ils lui lussent d'abord ces droits, il lui fut répondu que tout ne ressemblait pas aux *Experts* et que s'il avait le droit de garder le silence, ils préféraient qu'il parlât et que tout ce qu'il pourrait dire ne serait pas utilisé contre lui devant une cour de justice.

Bref, les droits et l'avertissement Miranda ne s'appliquaient pas ici.

Rassuré, il finit par se présenter : Fabien, meilleur ami de Tim. Il était inquiet car une heure environ auparavant, un gang de quatre personnes portant des blousons rouges avec une raie comme logo, était venu, l'avait malmené puis l'avait quitté pour son objectif : Timothée en personne. Quelques minutes plus tard, il avait aperçu Tim enfourchant une moto, conduite par un autre type en blouson rouge – il était certain qu'il ne s'agissait pas d'un de ceux qu'il avait rencontrés – et s'étaient enfuis sous le regard impuissant des membres du gang.

Lebreuil et Bertrand se regardèrent et l'interrompirent.

— Est-ce que par hasard…

Fabien ne leur laissa pas le temps d'achever leur question.

— J'ai noté la plaque d'immatriculation ; quant à la direction qu'ils ont prise, ça peut être n'importe où à cette heure-ci.

Bertrand releva le numéro et annonça qu'il transmettait l'information à Droux, Lebreuil acquiesça en hochant du menton, puis, d'un geste similaire, encouragea Fabien à poursuivre son récit.

— Je connais Tim, fit Fabien en tapant du poing sur la table du salon, il n'est pas malhonnête mais si des mecs louches lui tournent autour pour quelque chose, ce quelque chose est forcément informatique. Alors je me suis débrouillé pour ouvrir la porte et j'allais fouiller l'intérieur de son PC lorsque vous m'avez interpellé.

Fabien ne laissa pas le temps à l'Inspecteur de lui demander comment il avait procédé pour l'ouverture de la porte, que le jeune homme sortit de la poche de son sweat un morceau de radiographie découpée : portable et pratique pour faire rentrer le pêne d'une porte juste claquée.

Lebreuil aurait aimé lui demander s'il utilisait souvent

cette technique – et dans quelles circonstances. Il fallait réfléchir et agir vite. Ils n'avaient rien, pas le droit d'être ici ; la présence de ce garçon pouvait leur permettre, si ce n'était de progresser, d'au moins trouver une piste.

— On oublie l'effraction et la fuite, si vous nous faites part de ce que vous trouvez sur son ordinateur, proposa le capitaine, en évitant de le tutoyer.

— Je suis un ami de la famille, une radio n'est pas vraiment un pied de biche…Et si je refuse ?

Malin le gamin, pensa Lebreuil.

— C'est pas faux, répondit ce dernier d'un ton détaché. Mais, ce sera votre parole contre la nôtre. Qui pensez-vous que l'on va croire ?

Heureusement que le gamin est nourri de séries américaines où la police est toute puissante, se dit intérieurement Lebreuil ; *s'il savait ce qu'on pense de moi au commissariat, il saurait que son témoignage serait jugé bien plus fiable que le mien.*

— *It's a deal !* lança Fabien convaincu et peu désireux d'avoir trop affaire avec la police, sauf pour retrouver ce gang et savoir ce qu'il était advenu de Tim.

Ils rentrèrent tous trois dans la chambre de ce dernier ; le temps que les policiers embrassent la pièce du regard pour énumérer mentalement le nombre d'appareils électroniques, Fabien indiquait un voyant vert sur l'un d'eux.

— L'imprimante, elle est encore en marche ; ça ne lui ressemble vraiment pas, surtout que le PC est éteint. Allez Rosetta, montre-nous ce que tu as vu.

Il appuya sur un bouton et un concert de ventilateurs, bips et voyants se fit entendre dans cette cathédrale de geek.

La moto quittait le périphérique ouest de la ville par une sortie dont les noms figurant sur son panneau étaient complètement inconnus de Tim. Il n'était pas mécontent de retrouver les axes secondaires, la vitesse s'en retrouvait réduite, le manque de visière – et encore plus celui de casque –, n'avait pas rendu le trajet très agréable et il ne pouvait plus parler avec Alan.

Ce dernier suivait le GPS du téléphone sans aucune hésitation et maîtrisait son véhicule avec maestria même si cela n'avait pu réduire l'angoisse de son passager lors des évitements de dernières minutes, les courbes, accélérations et freinages d'urgence.

Enfin, la moto obliqua une longue ligne droite, bordée par des hautes haies de thuyas ; à la faveur d'une trouée dans cette haie, Alan pila.

— Qu'est-ce qui t'arrive, cria Tim, surpris.

— Ici, ce sera parfait, jugea Alan.

— Parfait pour ?

— Tu vois le portail là-bas ? dit le frère de Bruno, montrant du doigt un portail métallique, noir et doré au bout de la ligne droite, que Tim n'avait pas remarqué jusque-là.

Le jeune homme contempla le portail, la distance ne lui permettant pas de discerner le détail des ferronneries, il aperçut au travers un parc, des arbres et une grande maison à la façade éclatante.

Sans attendre une éventuelle remarque de Tim, Alan manœuvrait la moto à l'arrêt pour lui faire faire un demi-tour vers la trouée et poursuivait son explication.

— Cette baraque est celle d'un producteur de musique

classique. Le label « Dolphin Records », ça te dit quelque chose ? Eh bien, c'est là qu'il crèche, qu'il enregistre, qu'il produit et qu'il achète et revend un paquet de trucs de valeur qui n'ont aucun lien avec la musique, tu saisis ?

Tim ne saisit pas grand-chose, ne s'y entendait ni en musique classique, ni en trafic de tout genre, sauf en téléchargement illégal de séries, mp3, jeux…Il avait toujours imaginé que ce genre de malfrats se trouvaient dans les mauvais quartiers, dans des caves sordides où se tenaient tous les rebuts de la société et parmi eux, un chef cruel, avec sous ses ordres, des hommes pour effectuer toutes les basses besognes et un expert en orfèvrerie pour évaluer la came.

— Les voleurs ne sont pas toujours là où on les cherche, pas plus qu'ils ne ressemblent à ce à quoi on s'imagine, hein ? lança Alan, comme s'il avait deviné ses pensées. Les flics ignorent tout de ce qui se trame ici.

— Et toi, comment le sais-tu ?

Alan haussa les épaules, sembla comme rattrapé par des évènements passés, même sa voix refléta un sentiment de honte, mêlé à de la culpabilité :

— Il y a six ans, pendant l'été, alors que je faisais les poubelles. Pour bosser, précisa-t-il face au regard éberlué de Tim. J'ai découvert cette commune de Charny-Aubert et toutes ces maisons bourgeoises isolées et combien elles étaient vides, et bourgeoises en période estivale. Avec mes potes, nous revenions la nuit et nous nous servions après avoir déjoué très facilement les systèmes d'alarme.

Il marqua une pause.

— C'était sans compter sur celle-là, reprit-il en désignant du menton la maison au bout de la rue. Elle avait un comité d'accueil. En flag. Je suis le seul à avoir été pris, les autres étaient déjà dehors.

Tim pensa aux similitudes avec l'histoire tragique survenue à Bruno, le frère d'Alan, mais il se garda de dire que c'était décidément de famille de cambrioler la nuit les maisons chez qui ils travaillaient le jour.

— Mais ils ne m'ont pas dénoncé, ils ont appelé leur patron, m'ont séquestré dans la cave et j'ai attendu, dans le noir, sans qu'ils me donnent même à manger. Diffusant de la musique classique en continu, afin que je ne puisse pas dormir ; vu l'installation, cette pièce avait ce but de torture et d'autres occupants avaient dû y séjourner. Puis il est arrivé.

— Le chef ? demanda Tim.

— Faust. C'est comme ça qu'on l'appelle. Tu connais Faust ?

— Ça me rappelle un truc avec Tintin, mais je pense que ce n'est pas la bonne réponse.

— J'avais la même référence que toi avant, c'est le fameux « Air des bijoux » que chante la *Castafiore*, mais j'ai appris le pourquoi de ce surnom ; Faust a conclu un pacte avec le Diable, son âme est damnée, mais il est aidé par un esprit maléfique…Ce Faust-là a d'abord giflé le garde qui aurait dû nous repérer, une espèce de brute au visage ressemblant à un molosse ; puis il m'a fait une proposition : me relâcher, si je travaillais auprès de lui, en remplaçant le garde fautif. J'ai accepté. Difficile de lutter contre une personne qui a passé un marché avec le Diable. Ce n'est qu'un conte, mais cet homme est bien réel.

— Tu crois vraiment en ces histoires de Diable, de pacte et tout ça ? l'interrogea Tim, circonspect.

La question amusa Alan, qui haussa les sourcils.

— Non bien sûr. Mais une fois qu'on est lié à lui, on ne peut rompre le marché, même si on veut rentrer dans le droit chemin. J'en avais assez… Trop de violences en plus de la malhonnêteté, alors j'ai voulu arrêter.

Tim était suspendu à ses révélations et attendait la suite.

— Faust a fait appel à la complicité du garde que j'avais fait virer avec je ne sais quelle promesse, il faut dire qu'il était bien motivé ! Ça et une transaction financière où des flics curieusement bien renseignés ont débarqué. J'ai fait un an de prison. Voilà, tu sais tout à présent.

Tim ne savait quelle attitude adopter face au jeune

homme qui se tenait devant lui.

— Qu'est-ce que tu comptes faire ?

— Tenter de rentrer, par la grande porte, voir si Faust peut me renseigner sur le voleur des bijoux – et l'assassin de mon frère – et sortir, si possible entier.

— Pourquoi penses-tu qu'après vos quelques différends, il te révélerait subitement une information sur son business ?

— Parce qu'il aime jouer, répondit Alan en clignant de l'œil. Ça fait partie de son truc ; il aura peut-être envie de lâcher ses chiens ou ses gardes après moi, mais avant il me dira ce que je veux entendre. C'est là que tu interviens, tu dois être prêt à partir. Tu sais piloter cet engin ?

Cet engin, c'était la moto d'Alan. Tim hésita.

— Oui, bredouilla-t-il en fixant chaque organe que composait le deux-roues.

— Ailleurs que dans un jeu vidéo ?

Tim arqua les sourcils et fit la moue.

Alan expédia les rudiments du démarrage de la moto, espérant que Tim retiendrait ce minimum vital et qu'il pourrait échanger les places le plus rapidement possible.

Si un démarrage express s'avérait nécessaire.

— Tiens, je te confie mon téléphone, fit Alan joignant le geste à la parole. Il ne me servira pas à grand-chose. Si dans une heure je ne suis pas sorti, tu fous le camp d'ici.

— T'inquiète, ça ne me dérange pas d'attendre, répondit Tim sans comprendre la raison dramatique d'un éventuel retard de la part de son compagnon. J'ai ma console portable avec tout plein de ROMs chargées, plein de jeux auxquels je n'ai pas joué depuis…

— Joue à ce que tu veux, mais reste concentré ! le coupa Alan. J'ai juste besoin que tu sois prêt en cas de départ précipité.

Tim singea maladroitement un salut militaire, ce qui ne rassura pas Alan. Ce dernier lui serra amicalement l'épaule, puis partit en direction de la grille.

Alan parvint au portail, qu'encadraient deux piliers, eux-mêmes ceinturés par un mur faisant le tour de la propriété ; il n'avait pas changé depuis sa dernière visite : de longues ferronneries peintes en noir, surmontées de pique, tandis que deux dauphins dorés se faisaient face en miroir au centre de la grille. De chaque côté, au sommet du mur, se trouvait une caméra. La platine d'un interphone était encastrée dans le pilier droit et Alan remarqua l'absence de la guérite du gardien qui se trouvait à l'accueil à l'intérieur de la propriété.

Le vieux est passé à la vidéosurveillance, mais je doute qu'il ait renoncé au port d'armes de ses gorilles, pensa-t-il.

Il sonna. Après un déclic, le micro cracha le « Oui ? » d'une voix masculine, particulièrement antipathique.

Le jeune homme regarda la caméra au-dessus du pilier, qui était tournée dans sa direction.

— Je suis un ancien collaborateur de Robert Fayard et je souhaiterais…

— Ne bougez pas, le coupa le micro avant d'achever par un autre déclic.

Plusieurs minutes s'écoulèrent, Alan restait immobile et se retenait de jeter des coups d'œil en direction de Tim afin de ne pas trahir sa présence, lorsque le bourdonnement électronique de la gâchette se fit entendre, la poussée exercée sur le vérin permit l'ouverture d'un vantail, dans un lent mouvement, sans que les gonds ne gémissent.

— Avancez jusqu'à l'entrée, souffla de nouveau la voix inamicale depuis le micro. Tu connais les lieux.

Alan crut reconnaître l'intonation de la voix dont le timbre était déformé par l'électronique de l'interphone.

Il opina et remonta l'allée principale ; il observa tout ce qu'il pouvait, le plus discrètement possible, à la recherche de chaque détail qui pourrait lui être utile en cas de repli inopiné, mais il devait avouer que le parc ne semblait receler que d'arbres centenaires dont les branches les plus basses étaient hors de portée et aucune ne semblait mener vers l'extérieur de la propriété. Pas plus que la clôture ne semblait contenir une brèche, ou une porte dérobée.

Un bruit métallique le sortit de ses pensées. Le portail venait de se refermer, Alan était pris dans la nasse.

Enfin, il gagna le bas du perron et il eut à peine le temps d'admirer la qualité des pierres de taille de la façade du corps central, que la porte d'entrée s'ouvrit : une blonde en sortit puis s'arrêta sur la plate-forme sur laquelle donnait la porte.

Elle avait une silhouette plutôt sportive, portait un pantalon droit noir et un tailleur cintré de la même couleur, que contrastait un chemisier blanc. Son visage triangulaire, dont la dureté était soulignée par des lèvres minces se tordant en une moue de dédain, se retrouvait adouci par ses yeux en amandes sous son front plat, que barrait une mèche de ses cheveux.

— Suivez-moi, lui ordonna-t-elle d'une voix très sèche.

— Apparemment, ce n'est pas vous que j'ai eu à l'interphone, plaisanta Alan en lui emboîtant le pas.

Pour toute réponse, il n'eut que l'écho de leurs pas résonnant sur le marbre du hall de l'entrée, en face duquel se trouvait le grand escalier, menant aux chambres. Alan eut un mouvement de recul en apercevant l'armure d'un hallebardier qu'il prît pour un des hommes de main de Faust. Il jeta un dernier coup d'œil vers le parc avec, au fond, le portail qu'il devrait franchir pour sortir d'ici.

Alors qu'il pensait être conduit au salon, sa guide se dirigeait sur le côté, où se trouvait une banque d'accueil, à proximité d'une porte qu'il ne connaissait pas, pratiquée dans l'épaisseur du mur.

— *C'est nouveau*, se dit Alan.

La porte s'ouvrit sur un homme massif, qu'un blazer semblant trop étroit pour lui, rendait encore plus imposant.

— *Voilà au moins des choses qui ne changent pas*, pensa le jeune homme. *Tuco*.

Tuco, c'était ce gardien, ce molosse, qui avait en charge

la sécurité de Faust avant qu'Alan ne la déjouât ; il devait son surnom au personnage du film *Le bon, la brute et le truand*, dont il partageait les traits – et d'après l'avis d'un certain nombre de personnes de son entourage, le caractère. Cet homme de main de Robert Fayard, officiait dans la sécurité comme dans le business de son patron. Ecarté par ce dernier dans un premier temps au bénéfice d'Alan, il fut rappelé pour piéger le jeune homme lorsqu'il voulut stopper son activité.

Cesser toute activité avec Faust. Impossible.

Le patron avait alors proposé à Tuco de retrouver son ancien poste s'il permettait de faire tomber Alan lors d'une transaction dont les flics auraient « eut vent »…

Une fois arrêté par la police, Alan avait souhaité coopérer, négocier une remise de peine et livrer Faust à la justice. Mais Tuco avait joué le rôle du fusible, le procureur chargé des poursuites – à la solde de Robert Fayard –, était intervenu pour ne pas impliquer Faust.

En revanche, le marché n'étant pas totalement ce qui était convenu avec les autorités, Alan purgea une peine d'un an, tandis que Tuco fut privé de liberté une année supplémentaire.

Durant son incarcération, le molosse eut tout le loisir de penser à celui qui avait causé sa chute et l'avait conduit dans ces murs. Il s'imaginait la tête d'Alan qu'il pourrait écraser entre ses mains.

A sa sortie de taule, Faust reprit le truand sous ses ordres…mais il ne retrouverait pas sa place de responsable de la sécurité du producteur. Elle était échue à cette blonde et Faust lui accordait toute sa confiance.

Plus encore qu'à lui auparavant.

Une humiliation de plus. Tuco donnerait cher pour pulvériser Alan.

— Le patron t'attend, cracha Tuco.

— C'est bien aimable à lui, tenta d'ironiser Alan. Content de te revoir Tuco, c'est donc ta voix que j'ai entendue.

— Ferme ta gueule merdeux, aboya le molosse. Par ta faute, j'ai tout perdu au profit de cette meuf (Son visage se contracta.), mais te fie pas à son apparence… Tu vas morfler.

L'homme dans son blazer contourna la banque et s'enfonça dans un fauteuil. Il pressa un bouton sur le pupitre et annonça l'arrivée imminente d'Alan et de la jeune femme.

— A présent je regarde la télé, fit Tuco en désignant ce qui devait être des écrans. Tout ce qui se passe dans la propriété. Désolé, je ne pourrais pas assister à ta mise à mort en direct, mais je me ferais un plaisir de mater le spectacle depuis là (Alan entendit le doigt du molosse tapoter un écran). Avec popcorn.

Un sourire, curieux mélange de haine et de cruauté, s'afficha sur son visage.

Alan et la blonde, empruntèrent la nouvelle porte, descendirent quelques marches et se retrouvèrent dans une salle aux murs tout en pierres dorées apparentes et un plafond voûté. Une autre pièce, plus petite, avec une paroi vitrée donnant sur la pièce principale ; des appareils électroniques avec une multitude de voyants se trouvaient dans chaque pièce.

— Un studio d'enregistrement ! clama une voix depuis le grand dossier d'un fauteuil de cuir qui tournait le dos aux nouveaux arrivants.

Un claquement de doigts résonna et aussitôt, des haut-parleurs disséminés dans la salle principale jouèrent un air de musique classique.

Le siège pivota lentement, Alan remarqua seulement la présence d'un autre garde du corps, debout à côté, qui lui était inconnu ; mais il reconnut immédiatement l'occupant du siège, sa figure si caractéristique lui faisait face.

Faust.

<h1 style="text-align:center">17</h1>

Une partie de son visage et un œil avaient été détruits par de l'acide sulfurique, que lui avait jetée son ancienne épouse. Alors que Faust la trompait allégrement avec une femme bien plus jeune qu'elle, sa femme avait tout prévu. L'acide, son mari, son inadvertance. Elle lui avait projeté le liquide corrosif en plein visage, mais Faust, plutôt rapide avait pu parer une partie du coup.

Une partie seulement.

Alors qu'il entendait le tissu de ses vêtements atteints fondre, puis dissoudre et cloquer les parties de sa peau qui se trouvaient en contact, très rapidement il en fut détourné par la sensation d'une brûlure atrocement aigüe à son visage.

Il n'avait pu se rincer, sa femme ayant fermé l'arrivée d'eau, l'acide rongeant son visage, inexorablement.

Cette coupure d'eau, l'acide, avec toutes les précautions pour en dissimuler l'achat : paiement en liquide à l'autre bout de la région en utilisant les transports en commun, et tout autre moyen pour brouiller ses pistes avaient eu raison de sa défense lors du procès. Sa femme fut poursuivie pour actes de tortures et de barbarie avec préméditation et purgeait une peine de vingt ans de réclusion criminelle. Le statut très respectable de producteur de musique de Faust — et sa connaissance du procureur, le même qui condamnerait Tuco pour ne pas que la police remontât à Robert Fayard —, rendit le verdict plus implacable encore.

Le reste du visage de Faust se résumait à une implantation de cheveux en pointe, les mèches ramenées vers l'arrière, sur un visage rond. Il portait son éternelle veste de costume sombre sur une chemise mi-ouverte, offrant à la vue une grosse chaîne en or jaune à demi enfouie sous une forêt de poils blancs. D'une forte corpulence, sa silhouette n'en émanait pas moins une impression de puissance.

Faust et Alan ne se quittaient pas des yeux, le premier imposant un sourire railleur – et déformé – au deuxième. Seule la musique se répercutait sur les murs de la salle.

— « Duo des fleurs », de Léo Délibes, dans *Lakmé*, dit Faust en montrant du doigt un des haut-parleurs. Belle mélodie, n'est-ce pas ? Et ces voix… Pour le lecteur, il n'aura qu'à faire une recherche sur internet pour partager avec nous ce moment de retrouvailles.

Alan serrait les dents et ruminait.

L'homme à demi-défiguré regarda la femme blonde et esquissa un regard vers Alan. Elle sembla comprendre le message et s'approcha du jeune homme.

Alan demeura immobile. La blonde se livra à une fouille approfondie ; elle glissa sa main sous son polo et tâta son torse méticuleusement.

— Il ne porte pas d'arme sur lui, pas de téléphone, ni de dispositif d'écoute, conclut la femme à l'attention de Faust.

Ce dernier hocha la tête dans un signe d'approbation.

Avec sa conscience professionnelle, la garde glissa sa main dans le pantalon d'Alan pour une ultime vérification. Elle retira sa main, dans un mouvement volontairement lent, tout en toisant le jeune homme.

— Il n'y a rien d'intéressant non plus ici, acheva-t-elle dans un sourire narquois.

Depuis le début de cette entrevue, Alan souhaitait plus que tout conserver le contrôle des évènements qui se produiraient, autant que possible ; en un geste, cette femme l'avait déstabilisé malgré lui. Il voulait éviter à tout prix que son trouble fût visible, mais déjà les autres personnes présentes affichaient un rictus moqueur.

— Voyons Natasha, lança Faust toujours souriant, ne

vois-tu pas que tu indisposes notre invité ?

La femme opina. L'homme dans le fauteuil claqua des doigts, le volume de la musique baissa, puis, s'adressant à Alan, il poursuivit :

— Excuse-moi pour ces manières, ce n'est pas que je n'ai aucune confiance en toi, mais comme tu m'as déjà trahi une fois, Tuco peut en témoigner, je prends quelques précautions.

Alan encaissa le coup mais ne répondit pas à la provocation.

— Mais nous ne sommes pas ici pour parler de vengeance, n'est-ce pas ? demanda Faust de façon toute rhétorique. Pas besoin de faire les présentations. La charmante Natasha qui est rentrée à mon service pour remplacer cet incapable de Tuco. Elle est meilleure que lui, en sécurité comme en transaction. Finalement Alan, tu as bien fait de le vendre à la flicaille.

— Elle est peut-être meilleure dans d'autres domaines où ni Tuco, ni moi ne pourrions la remplacer, insinua Alan en regardant Natasha avec dédain.

— Je préfère ne pas mélanger le plaisir et les affaires, répondit Faust sans relever la remarque.

— Ça serait dommage effectivement de se retrouver avec un autre œil en moins, fit Alan en désignant son propre œil gauche de l'index, tout en observant furtivement une réaction de la part d'un de ses gardes.

Il voulait pousser Faust dans ses retranchements.

— Il y a eu quelques changements depuis notre dernière rencontre, celle qui était ma maîtresse à l'époque, ne l'est plus…

— Pourquoi risquer sa santé juste pour une traînée ?

Alan remarqua que Faust serra le poing, mais il n'eut pas le temps de voir le coup du tranchant de la main sur la gorge que lui asséna Natasha.

Il se laissa tomber sur les genoux, le souffle coupé, portant une main à la zone atteinte en espérant retrouver plus rapidement sa respiration, tandis que l'autre prenait appui au sol pour éviter qu'il ne s'écroulât complètement.

— …elle n'est plus ma maîtresse, reprit Faust très calmement au milieu des quintes de toux d'Alan qui tentait de retrouver sa respiration, elle est à présent ma femme et nous avons un fils de cinq ans.

Il marqua une pause.

— Comme je te disais, il y a eu quelques changements, donc je suis quelque peu irritable lorsque tu utilises le mot « traînée ». J'espère que tu as compris et comme tu me le conseillais, je te suggère de ne pas risquer ta santé une fois de plus ou Natasha se fera une joie de te montrer ses talents en arts martiaux.

Alan acquiesça en silence et se remit péniblement sur pieds. Ce coup lui avait été porté avec une telle rapidité, une telle précision. Le pire, c'est qu'il sentait que Natasha avait retenu son coup ; il valait mieux obtempérer pour l'instant.

— Parlons sérieusement, poursuivit Faust, appuyant son menton sur ses doigts croisés. Tu ne t'es pas risqué à revenir pour me parler de mes anciennes amours… Qu'est-ce qui t'amène ici ?

— Ça. fit Alan en dépliant une photo qu'il sortit de la poche arrière de son jean sous le regard suspicieux de Natasha qui s'en serait voulu d'avoir manqué un objet dangereux lors de sa fouille.

Le garde du corps qui demeurait silencieux arracha la photo de la main d'Alan et l'apporta à son patron ; tandis que ce dernier la regardait, Alan lui exposa la situation.

— Je suis à la recherche de cet homme. Il est possible qu'il ait une forte quantité d'or et de bijoux à écouler et je me suis dit que vu l'importance du butin, tôt ou tard, quelqu'un finira par le rencarder sur ton activité.

— Un important butin qu'on essaye de refourguer d'un côté, toi de l'autre côté et une activité, mon activité de… « transaction » au milieu de tout ça. Avec un minimum de déduction, même l'autre abruti (Il désigna la porte en haut des escaliers, derrière laquelle Tuco devait surveiller la propriété.) peut deviner qu'il s'agit du cambriolage dont les médias ne cessent de parler depuis plus d'une semaine. Qu'est-ce que ça signifie ?

— Si tu as suivi l'affaire, tu sais que celui que tout le monde accuse, la police en premier, est un homme qu'on a retrouvé mort à l'hôpital. Cet homme était mon frère. Je ne suis pas intéressé par l'argent de ce cambriolage, je recherche l'assassin de mon frère (Alan pointa du doigt la photo.) et ça pourrait être cet homme.

— Je vois… Condoléances.

— Il y a plus, je veux faire innocenter mon frère, je suis sûr qu'il n'a pas commis ce vol.

Faust sourit, d'un air aussi condescendant que paternel.

— Alan, tu n'es définitivement pas fait pour ce milieu. Laisse les loups s'entre-dévorer et vis ta vie. On ne connait jamais les gens, qui sait si ton frère n'était pas coupable ? D'après les éléments, il est déjà mêlé à l'affaire. Pour son degré d'implication, qui peut vraiment l'affirmer ?

— Il est innocent, clama Alan. Alors, sais-tu où est cet homme ?

— Tu vois ? Trop émotif. Il a cherché à me contacter effectivement. Tu as vu par toi-même l'importance de cette affaire, je n'aime pas trop qu'on s'intéresse à mes activités et ce coup de projecteur est trop important et trop tôt pour que je prenne le risque.

Alan sembla déçu par cette révélation, c'était sa seule chance de trouver l'inconnu rapidement, à présent il allait devoir écumer tout le réseau des petits trafiquants pour remonter sa piste.

— Il reste une possibilité, nota Faust. La veuve Douglas, la victime du cambriolage, la propriétaire des bijoux : interroge-la, il est possible qu'elle puisse t'aider.

Le producteur tendit la photo qu'il coinçait entre l'index et le majeur de sa main droite ; cela signifiait à Alan que l'entretien était terminé.

Le jeune homme se dirigea vers son ancien patron, en pensant à ses derniers mots : Faust aimait jouer, tendre des perches, parler par énigmes… S'il y avait des indices à récupérer auprès de cette veuve Douglas, c'est là qu'il irait, dès qu'il sortirait d'ici et rejoindrait Tim.

Au moment où il reprit la photo à Faust, une main lui enserra le poignet, au niveau du pouls ce qui entraîna immédiatement une perte de force et le fit vaciller.

— Il est à toi Natasha, fit Faust à l'attention de sa garde personnel.

Puis, à Alan :

— Tu ne pensais quand même pas sortir d'ici sans payer ton dû pour ta trahison Alan ? Je vois dans tes yeux que ta naïveté est encore plus grande que je l'imaginais. Quand je te disais que tu n'es pas fait pour ce milieu.

Juste derrière Alan, Natasha frappa localement sous la clavicule, le saisit par la nuque et intensifia le point de pression qu'elle exerçait sur son poignet. La femme connaissait parfaitement l'attaque sur les points vitaux et Alan était totalement à sa merci.

Faust désigna le studio du menton et Natasha entraîna sa proie dans cette direction.

Le studio, pensa Alan, *parfaitement insonorisé pour qu'aucun son en provenance de l'extérieur n'y pénètre…et inversement.*

— Connais-tu le sourire de l'ange, Alan ? demanda Faust.

Il en avait vaguement entendu parler, de toute façon le producteur n'attendit pas sa réponse pour poursuivre :

— Une, ou plutôt deux « petites » incisions à la hauteur des commissures des lèvres ; ensuite, nous te versons un jus de citron sur la blessure, qui devient si insupportable que tu ne pourras pas t'empêcher de hurler. Ai-je besoin de te préciser que cela provoquera le déchirement total de tes joues, jusqu'aux oreilles.

Faust venait de parler avec un détachement mêlé de satisfaction, tandis qu'Alan affectait un calme qu'il était loin d'éprouver.

Un bruit de pas rapides dévalant l'escalier se fit entendre, vers lequel tous se retournèrent. Tuco, hors d'haleine, pénétra dans la salle. Devant l'air interrogateur de son patron sur l'abandon de son poste, il reprit son souffle et expliqua :

— Il s'agit d'une urgence, il (Il pointa Alan du doigt.) n'est pas venu seul. Il faut que je vous montre, il est même en train de communiquer en permanence, peut-être avec la police.

Natasha relâcha son étreinte paralysante tout en retenant Alan qui, même s'il ne pouvait prendre cette intrusion pour une bonne nouvelle, ne put dissimuler un certain soulagement quant à la suspension de cette séance. La femme regarda le molosse se diriger vers les ordinateurs de la salle, pianoter l'adresse réseau des caméras, en prit le contrôle jusqu'à viser un point au-delà de la grille, vers les fourrés.

En zoomant, l'auditoire – y compris Alan –, pouvait voir Tim, au bord de la route pianotant sur sa console de jeux portable, que le garde prenait pour un appareil de transmission de haute technicité.

— Qui c'est ce crétin ? demanda Tuco à l'attention d'Alan. Il n'est certainement pas de la police ? A qui communique-t-il ?

Pour toute réponse, le jeune homme sourit, tant pour les narguer que par l'impossibilité, de leur point de vue, qu'un complice pût jouer à la console dans une telle situation. Il penserait certainement la même chose qu'eux s'il ne connaissait pas Tim.

*Il est vraiment incroyable. Il ne se rend pas compte de ce qui se trame ici et avec quel genre d'individus nous sommes en train de jouer...*pensa Alan.

— Débarrasse-moi de ça, ordonna Faust à Tuco, et n'oublie pas de récupérer son appareil.

Alors que le garde se dirigeait vers la sortie, Alan lui fit un croche-pied, qui eut pour effet de projeter le molosse à terre. Cette tentative désespérée pour repousser l'inévitable : au mieux la provocation faite à cet homme permettrait un éventuel sursis à Tim.

Ecumant de rage, le molosse se releva et plaqua son visage à quelques centimètres de celui d'Alan, sortit son arme et en pointa le canon contre le ventre de son adversaire.

— Tu…vas…mourir, prédit la brute en prenant le temps d'annoncer sa sentence.

18

— Pourquoi il va mourir ?

La voix qui venait de poser cette question provenait du haut des escaliers. C'était une voix d'enfant.

Instinctivement, l'arme fut rengainée, les tensions se relâchèrent, Faust fit un grand sourire à l'attention de celui qui ne pouvait qu'être son fils, tant ses traits étaient similaires, jusqu'à son implantation capillaire en pointe. Même chez ce criminel, protéger sa progéniture et préserver son innocence était ancré.

Avec l'apparition de ce flottement, Alan fut le plus prompt à réagir, il se dégagea d'un bond et fondit prudemment sur l'enfant, tout en souriant. Faust observait cette situation et ses gardes ; dès que l'un deux esquissa un geste pour intervenir, du regard il les en dissuada.

Alan s'accroupit lorsqu'il arriva quelques marches en dessous du garçon.

— Personne ne va mourir, lui dit Alan d'une voix douce en le prenant délicatement par l'épaule. C'est juste un jeu avec ton papa et moi. Tu connais le loup ? On t'a déjà raconté des histoires avec le loup, n'est-ce pas ?

Le jeune garçon hocha la tête et regarda son père resté en bas dans la pièce.

— Eh bien nous jouons au loup et le loup, c'est moi. Je dois partir me cacher et ils doivent me chercher ensuite. Tu veux bien venir avec moi pour m'aider ?

La voix calme d'Alan et la perspective du jeu enthousiasma l'enfant qui approuva, souriant et tapant des mains.

— Vous attendez bien qu'on ait fini de se cacher, vous ne trichez pas ? demanda Alan à l'assemblée de truands se tenant en bas, prenant à témoin le fils de leur patron.

— Vous avez compris ? fit écho le garçonnet, enthousiaste à l'idée de participer à un jeu si marrant.

Faust serra les dents, prit l'air le plus jovial qu'il pût et leur dit qu'ils avaient bien compris la règle. Alan adressa un clin d'œil et se dirigea vers la sortie, prenant l'enfant par l'épaule.

Une fois en haut, le jeune homme referma la porte et aperçu la banque d'accueil abandonnée par Tuco, il porta le garçon sur le fauteuil tournant et lui fit faire un demi-tour pour l'amuser.

— Tu vas rester ici, chuchota Alan, je vais partir me cacher dehors, tu sais compter jusqu'à combien ?

— Cinquante, répondit-il fièrement en montrant cinq doigts.

Cinq, comme son âge.

— Parfait, une fois que je serai sorti du salon, tu compteras jusqu'à cinquante. Ok ? fit Alan en lui adressant un sourire complice et lui ébouriffant les cheveux.

— Oui !! s'exclama l'enfant.

Parfait, pensa Alan. Il cherchait un double du jeu de clés pour condamner l'ouverture, mais malheureusement, le molosse avait au moins eu cette intelligence minimale de les avoir sur lui. Il pensa à l'armure du hallebardier qui l'avait surpris à son arrivée et s'y dirigea. Alan considéra l'équipement du XVème siècle constitué des différentes plaques métalliques, la délesta de l'arme du fantassin qu'il saisit par la hampe avant de la retourner, pointe en bas.

— Tu vas jouer au chevalier ? lui demanda l'enfant, les yeux plein de l'enthousiasme que peuvent susciter les récits chevaleresques.

— Pas vraiment, lui répondit Alan en souriant.

L'idée ne l'avait pas effleuré, mais combattre en armure serait de toute façon inégal contre Faust et ses sbires — surtout cette femme. En guise de réponse, il se posta devant la porte menant au studio, après l'avoir levée le plus haut possible il planta la hallebarde retournée dans la mince portion de parquet que constituait la barre de seuil.

Pas assez profond, se dit Alan entre les dents. Il retira l'arme et la replanta en poussant un cri de rage.

Satisfait, il coinça le long manche de la hallebarde entre la poignée de porte et son cadre. Le bruit ne manquerait pas d'alerter et de provoquer Faust et ses hommes, son subterfuge ne les retiendrait pas *ad vitam æternam*. Il devait agir rapidement.

Il contourna le pupitre de Tuco, l'enfant regardait ses jambes ballantes pour s'occuper. Alan vit les écrans correspondants aux différentes caméras, dont celle où Tim, insouciant, jouant sur sa console. Une mosaïque de boutons électroniques ornait ce qui ressemblait à un panneau de contrôle ; sous chaque bouton figurait l'action qu'il commandait. Celui qui se trouvait au-dessus de la mention « ouverture grille » l'intéressa particulièrement.

Il appuya sans conviction, son regard alternant entre la grille qu'il voyait au loin depuis les fenêtres et la caméra qui la visait depuis le haut d'un des piliers. Tout à coup, la grille commença sa rotation : il ne fallait plus hésiter.

Alan sourit en direction de l'enfant, lui faisant comprendre qu'il devait partir se cacher, il leva sa main en guise d'au revoir et l'enfant lui rendit son salut.

— Tu n'oublies pas, tu comptes jusqu'à cinquante ?

Le garçon hocha la tête, sourit de toutes ses dents, moins celles qui étaient tombées récemment. Alan eut pour l'enfant un réel élan de tendresse, espérant qu'il serait épargné par les actions de son père et qu'il ne suivrait pas le même chemin. Il éprouvait d'autant plus ce sentiment que, pour lui-même et surtout pour son frère, il avait souhaité sortir de ce chemin dont il ne semblait pas pouvoir s'extraire.

Déjà, il entendit des coups donnés de la porte contre la hampe de la hallebarde et partit à toutes jambes ; l'enfant, content du lancement de cette « chasse au loup » cria gaiment et tapa dans ses mains. Alan avait déjà atteint la moitié de la distance le séparant de la grille, lorsqu'enfin la porte pivota suffisamment pour que l'on pût saisir le manche de l'arme moyenâgeuse. Une fois sorti, Faust se précipita sur son enfant et le prit dans ses bras. La jeune femme blonde jeta à peine un œil à cette scène familiale, passa son bras par-dessus le pupitre et commanda la fermeture de la grille. Cette dernière s'immobilisa et les vantaux firent le chemin inverse.

Natasha entreprit de se lancer à la poursuite d'Alan, mais Tuco se mit volontairement en travers de son passage ; après que la jeune femme eut vérifié que leur patron eut emmené son fils hors d'atteinte de leur échange, elle lui intima :

— Dégage, tout ça, c'est de ta faute. Tu n'aurais jamais dû descendre et tu n'aurais jamais dû laisser la porte ouverte.

Il sourit niaisement et s'écarta.

Natasha jeta son tailleur, sur sa chemise se tenait un jeu de sangles que retenait un étui contenant un couteau de combat.

Son arme favorite.

Elle courut à toute enjambée et fondait sur Alan tandis qu'il parvenait à la grille ; il avait puisé dans ses ressources lorsqu'il vît qu'elle se refermait. Le sang battait à ses oreilles, l'empêchant d'entendre le pas de course rapide de Natasha derrière lui. Alors qu'il pensait cracher ses poumons, il trouva la force de crier le prénom de Tim et franchit la grille en se glissant sur le côté.

Le portail venait de se refermer.

— Ouvre cette putain de grille, hurla Natasha à l'adresse du molosse dans le micro pincé au col de son chemisier.

Le garde du corps reçut clairement le message de la blonde par le biais de son oreillette mais l'envoya mentalement se faire foutre.

Tim, qui avait constaté l'ouverture de la grille avait déjà enfourché la moto, « au cas où ».

Le regard du jeune homme allait de l'écran de sa console au rétroviseur de la moto, jusqu'à ce qu'il aperçût le reflet d'Alan, courant et hurlant de démarrer. Tim rangea précipitamment sa console dans la poche intérieure de son blouson. Il parvint à démarrer et enclencher la première vitesse tout en maintenant la moto débrayée, alors qu'Alan se trouvait encore loin et jetait des brefs regards derrière lui.

Il vit Natasha accourir vers la grille, toujours fermée et immobile. La jeune femme jura, prit son élan et, dans une parfaite synchronisation de ses quatre membres, décolla tel un félin, saisit le haut de la grille et donna une impulsion assez forte pour que l'inertie lui permît de projeter et pivoter le reste de son corps au-dessus des piques et se laissa tomber une fois complètement à l'extérieur de la clôture, juste avant de réaliser une roulade pour amortir sa chute.

Sans prendre le temps de se remettre du saisissement provoqué par cette maîtrise de l'art du déplacement – ni sans s'inquiéter de la possibilité de pouvoir lutter contre un tel adversaire –, Alan se rapprocha de la moto, il se jeta sur la selle, juste derrière Tim qui embrayait, lentement, tandis qu'il augmentait les gaz en jouant sur la poignée d'accélérateur.

La moto se mit en mouvement dans une secousse, à la limite de caler, mais si le moteur tressauta, le deux-roues progressa finalement dans une trajectoire assez originale.

Voyant sa proie lui échapper, Natasha stoppa sa course, saisit le couteau, prit le temps de viser et le lança en direction des fugitifs juste après avoir coupé sa respiration.

Alan hurla.

Tim freina sans trop comprendre ce qu'il se passait ni débrayer. La moto cala.

Alan retira le couteau depuis sa cuisse, la lame rouge de son sang.

A la vue du couteau couvert de sang, Tim sentit d'un coup le sien quitter son visage, ses membres.

— Dégage d'ici, lui intima Alan.

— Mais…ta blessure ? bredouilla Tim.

— On verra après, il ne faut pas qu'*elle* nous tombe dessus.

Elle, c'était Natasha et chaque seconde d'hésitation la rapprochait un peu plus d'*eux*.

Malgré la panique, Tim tenta de garder son calme pour réussir un second démarrage, tandis qu'Alan lui indiquait pas à pas la démarche à suivre.

Le moteur vrombit et la moto fila juste avant l'arrivée de Natasha. Cette dernière écuma de rage.

— Que fait-on à présent ? demanda Tim inquiet de la blessure d'Alan et de la réponse que celui-ci allait lui donner.

— Il va falloir que tu conduises plus longtemps que prévu…Essaie de passer d'autres vitesses. Voilà. Ne ralentit pas ; crois-moi, tu ne veux pas retomber entre les mains de cette femme.

Malgré le bruit du moteur et celui provoqué par la vitesse, Tim sembla déceler une faiblesse allant croissant dans la voix de son copilote.

Il ne s'était même pas écoulé une journée et il vivait une course effrénée depuis l'intrusion d'Alan dans son environnement.

Son instinct lui disait que ce n'était pas encore fini.

Natasha pesta face à son échec. Alors qu'elle retournait vers le château, elle vit qu'à présent la grille était grande ouverte.

Tuco avait finalement obéit.

— Tu peux la fermer à présent, glissa-t-elle à son attention dans le micro du col de sa chemise.

Message à double sens.

La campagne autour de Charny-Aubert défilait depuis quelques kilomètres lorsque la moto aborda une piste à peine visible, en contrebas de la route. Encore quelques hectomètres et Tim immobilisa leur véhicule.

— C'est suffisamment loin ici ? Je t'avoue que j'ai mal aux mains tellement je suis crispé pour conduire.

N'ayant obtenu aucune réponse, il se retourna et vit Alan, la tête penchée, à demi-inconscient.

— Bordel de merde, Alan !! cria Tim.

Le jeune homme enclencha péniblement la béquille latérale, tout en maintenant la moto dans un équilibre précaire. Déjà, Alan glissait de la moto.

La jambe gauche de son pantalon était complètement teinte de rouge.

Natasha atteignit la plateforme de l'entrée lorsqu'elle fut interpelée :

— C'est moi qui devrais être à ta place, grogna le molosse.

Du menton, elle désigna le comptoir devant lequel il se trouvait.

— Cette place est déjà trop bien pour toi…

— Tu veux savoir où est la tienne ? fit-il en se tenant l'entrejambe avec un regard lubrique.

— Cessez ! coupa une voix.

Faust descendait de l'escalier principal.

— N'avez-vous pas retenu la leçon. Ne réglez pas vos comptes ici, vous m'entendez.

Il fulminait. Il sembla se calmer légèrement et poursuivit.

— Retournons en bas, nous avons plus urgent à traiter.

Faust emprunta l'escalier qui menait au studio tandis que Natasha et Tuco lui emboîtèrent le pas. Leur chef se glissa dans son fauteuil, face à eux et sans les inviter à s'assoir, il les interrogea sur la situation.

— J'ai visé l'artère fémorale d'Alan avec mon couteau, commença Natasha ; si je l'ai atteinte, il en a pour une heure, toute au plus. Pour l'autre, il n'a pas l'air très à l'aise avec une moto. Ordonnez-moi de les poursuivre et je vous les ramène.

— Il aurait été plus judicieux d'immobiliser la moto en premier lieu, mais je suppose que ta préférence pour la maîtrise de l'anatomie a pris le dessus sur la logique, trancha Faust. Mais nous verrons ça plus tard, nous avons un problème plus grave à régler.

Puis à l'adresse du molosse :

— Connais-tu le sourire de l'ange, Tuco ?

Ce dernier fronça les sourcils d'étonnement, mais il n'eut pas le temps de pousser plus en avant sa réflexion que Natasha réitéra sur sa personne l'empreinte paralysante qu'elle avait réalisée sur Alan quelques minutes auparavant.

— Mais que… ? fut tout ce que pût articuler Tuco, tentant de se débattre sans succès.

Seule la sensation des pouces de la jeune femme enfoncés dans sa chair lui parvenait encore.

Le producteur prononça sa sentence, psalmodique, tandis que dans l'esprit de Tuco, le corps ne répondait déjà plus, ses pensées fusaient et cherchaient à le sortir de ce mauvais pas. C'est à peine s'il entendait son patron le condamner pour sa négligence, qui avait failli imposer un spectacle horrible aux yeux de son enfant. *Même Alan avait eu plus de respect pour l'innocence de son fils.*

Mais dans ce genre de jugement, il n'y avait pas de parole pour la défense.

Lorsque la voix de Faust retomba – enfin –, il sortit un couteau de son tiroir et l'approcha à quelques centimètres du visage du molosse. Ce dernier était pétrifié, la peur pouvait se substituer aux points de pression exercés par Natasha.

Il sentit à peine la fraîcheur de l'acier pénétrant dans sa chair, il ferma les yeux, se concentra pour conserver sa bouche fermée, afin de ne pas étendre la plaie qui ouvrirait son visage horizontalement, de façon irrémédiable.

Il pria intérieurement, pleura. Les pouces de la jeune femme se retirèrent petit à petit, invitant une douleur aigüe à prendre place, ainsi que la sensation de larmes salées roulant sur ses joues et des larmes chaudes sanguinolentes roulant sur le bas de son visage.

Enfin, la lame quitta son visage et Tuco rouvrit les yeux. Face à lui se tenait Faust, souriant, autant que la moitié de son visage le permît, arborant l'air d'un sculpteur admirant son œuvre.

Ne pas crier, pensa le molosse, *sinon mon visage se déchirera.*

Il sentit deux mains sur ses épaules qui le firent pivoter d'un angle droit sur la gauche, le mettant en face d'une créature au visage entaillé, mélange de chair vive, de larmes et de sang.

Son reflet.

— Il est résistant, ironisa Faust.

La blonde se plaça en face de lui, un sourire lascif sur son visage.

Tuco voulait l'insulter, lui cracher au visage, mais il savait que tout mouvement s'avérerait périlleux.

Natasha, sans se départir de son sourire, lui asséna un coup de poing dans l'estomac.

Alors, le molosse hurla.

19

La vision d'horreur de Tuco hurlant, tant par la douleur de son visage se déchirant que par la détresse de voir ce masque hideux qui serait désormais sa gueule, n'avait pas affecté Natasha.

Les évènements de la vie passée de la jeune femme, l'éducation très dure de son père qui exécrait toute forme d'empathie, de démonstration de douleur comme d'affection et reléguait toutes ces émotions au rang de la plus grande forme de faiblesse : il l'avait si bien enseigné à Natasha que son cœur s'était durci, son âme ne réagissait plus. Elle savait qu'elle aurait dû ressentir quelque chose à ce moment précis de l'exécution, mais rien ne venait.

Pourtant, lorsque Faust se délectait de cette scène, ce plaisir face à la torture d'autrui et l'horreur de la mutilation avait fait naître chez la jeune femme un soulèvement de l'estomac, aussitôt réprimé par le dogme paternel ancré en elle.

En aucun cas, elle ne devait montrer sa faiblesse. Jamais. Devant quiconque.

Lorsque Faust lui confia la mission de retrouver les deux jeunes gens enfuis, elle savait qu'elle bénéficiait d'une clémence mais qu'elle ne devrait pas se représenter devant lui en cas d'échec.

Une très bonne raison de se ressaisir.

Voilà quelles furent ses pensées tandis qu'elle franchissait la grille de la propriété, au guidon de sa moto noire, une sportive, dans une combinaison en cuir de la même couleur, portant un casque dont la visière extérieure teintée rendait impossible le discernement du visage de son propriétaire. Ne jamais montrer ses émotions.

Quelques hectomètres plus loin, Natasha ralentit, mit le pied à terre et après avoir marché non loin du fossé, elle retrouva son couteau, la lame empoissée de sang séché. Elle posa un genou au sol, releva sa visière et scruta le revêtement de la route dans ses moindres détails.

Une tâche de sang ! Aussi petite qu'elle fût, Natasha la repéra et cette piste ensanglantée la mènerait à ces deux crétins qui la supplieraient d'en finir avec eux.

Elle enfourcha sa moto et roulait quasi au pas, à la limite de l'équilibre, afin de ne pas manquer les précieuses tâches semées par la victime. Sa victime.

Avec l'espacement grandissant des traces de sang, Natasha put en déduire que leur moto avait pris de la vitesse ; deux intersections étaient passées et elle avait trouvé leur piste à chaque fois. Cependant, à la faveur d'une ligne droite, les précieuses tâches couleur rouille avaient disparu.

Elle fit volter sa moto comme un cavalier l'aurait fait avec sa monture et remonta à la dernière trace connue, un peu plus en avant. Toujours au même niveau de la chaussée par rapport au fossé.

C'est alors qu'elle aperçut, sur le côté opposé de la route, ces herbes pliées. Natasha s'en rapprocha ; derrière la première rangée d'herbes, un champ s'étendait, la trace continuait et le coupait en suivant la même direction. Entre les deux, la mince portion de terre meuble avait conservé le sillon de crampons laissé par les pneus crantés d'une moto cross.

Le champ n'avait pas beaucoup de relief et était en pente douce, ce qui permit à Natasha de suivre la trace, moteur éteint, tout en restant sur ses gardes. Elle parvint à la limite du champ, que des buissons un peu plus loin semblaient délimiter.

Une tâche de sang plus importante, des traces de pas, un trou causé par l'embout d'une béquille, de l'herbe piétinée en direction des fourrés. Tout semblait indiquer à Natasha que ceux qu'elle poursuivait étaient tout proches.

La jeune femme jaillit derrière une rangée d'arbuste mais là où elle pensait trouver deux hommes, dont un gravement blessé – mourant serait une option plus souhaitable –, elle ne vit que des branches basses cassées sous le poids d'un homme, du sang qui tachaient des herbes tassées et imbibaient un lambeau de jean ayant vraisemblablement servi à faire un garrot.

Des restes de compresses parsemaient également la scène, témoins de soins – mêmes rudimentaires – prodigués.

Tous ces éléments fusaient dans la tête de Natasha et l'analyse fut rapidement faite : il s'en était sorti. Elle avait manqué sa cible.

Elle pensait avoir visé juste, tant elle se savait adroite en lancer de couteau et experte en anatomie… Mais avec le pilotage anarchique du conducteur, la lame avait dû pénétrer la chair à quelques millimètres de l'artère vitale.

Le reste ne fut pas difficile à deviner : le conducteur abandonnait Alan le temps qu'il se rendît dans une pharmacie pour trouver de quoi contenir les effets de cette blessure, revînt pour nettoyer la plaie et le soigner grossièrement. Depuis, ils avaient repris la route, en prenant soin d'emprunter un chemin différent : cette hypothèse fut confirmée par l'analyse d'autres traces que la femme remarqua près de l'endroit où elle se trouvait.

Au vu de la quantité de sang perdu, Alan ne devait pas être au mieux de sa forme ; s'il voulait vraiment repartir en quête du meurtrier de son frère, il faudrait qu'il ait une toute autre condition.

Natasha démarra son engin, suivit son instinct et la trace de la moto qui rejoignait la route principale : elle irait aux urgences de la région pour retrouver ces deux crétins et ils allaient lui payer cher toute la colère croissante que leur fuite réveillait en elle.

Après que le centre hospitalier le plus proche n'eut rien donné, Natasha stationna sa moto sur le parking de la clinique des Monts de l'Ouest. Elle se rendit directement dans la salle d'attente des urgences et elle opéra comme précédemment, dans la plus grande discrétion. Elle s'assit au milieu des personnes attendant leur tour, sans aller s'inscrire et dressa l'oreille : les urgences étant traitées par ordre de priorité médicale et un jeune homme blessé – à l'arme blanche s'ils l'avaient révélé –, à demi-inconscient, un pansement provisoire certainement gorgée de sang, ça ne laissait pas indifférent et la gravité de la blessure n'empêcherait pas d'agacer une personne attendant depuis plusieurs heures pour un simple bobo au doigt lorsqu'il se serait fait griller la politesse.

Effectivement, une mère ne cessait de prendre les personnes de la salle d'attente à témoin de la honte d'avoir laissé la priorité à des voyous à moto – et s'excusa, de mauvaise grâce, auprès de Natasha lorsqu'elle remarqua son casque –, dont l'un d'eux avait dû se blesser durant une rixe tandis que son *trésor* de fils, qui ne semblait nullement souffrir si ce n'était du discours de sa mère, devait attendre patiemment alors qu'ils « étaient arrivés bien avant ».

— Rendez-vous compte, plaida-t-elle, transformant les futurs patients en jurés, mon fils à une audition demain pour un film, il a déjà réussi quantité de castings – à cette évocation, elle arbora un sourire dégoulinant de fierté, plus pour elle-même – et si son angine n'est pas traitée à temps, les complications vont peut-être le faire passer à côté d'une belle carrière au cinéma !

Une casse-couille, se dit Natasha et un rapide tour d'horizon dans la salle lui confirma que pour une fois, sa pensée rejoignait la majorité. Le fils semblait partager cette opinion et cela s'étendait peut-être au casting tant voulu par sa mère. Encore une mère qui projette ses propres désirs sur ses enfants, mais Natasha n'était pas là pour ça.

La jeune femme blonde en avait assez entendu, elle avait son renseignement ; il lui suffisait de trouver le service où Alan fut dirigé après le triage depuis le service des urgences, en espérant qu'il n'eut pas été transféré à l'unité médico-judiciaire. Elle parvint sur le plateau technique où se trouvaient les salles d'opération.

— Je peux savoir ce que vous faites là ? demanda une voix masculine.

Natasha se retourna et se retrouva face à un infirmier, plutôt « à son goût », menton carré, regard profond, un badge sur sa blouse bleue indiquait qu'il se prénommait Rodolphe. Habituellement, elle aimait le challenge, elle cherchait l'affrontement de caractères lorsqu'elle voulait un homme, souhaitant maîtriser la situation autant que laisser entrevoir une part de domination ; là, la situation était différente et elle préférait jouer profil bas.

— Rodolphe, je peux vous appeler Rodolphe ? Je cherche la chambre d'un ami, enfin le nouveau petit ami de ma cousine… J'ai appris qu'il avait subi une opération suite à une blessure à la jambe et je suis venu dès que j'ai su. Je n'ai même pas pensé à demander son nom, comme j'habite près d'ici, je suis venue dès que j'ai pu.

Elle releva une mèche blonde qui lui barrait le front et le jeune infirmier ne la quittait plus du regard.

— Votre ami est bien ici, mais pas dans cette aile. Je ne peux vous conduire à sa chambre, les visites ne sont pas encore autorisées et…

— S'il vous plait, le coupa Natasha. Je suis tellement inquiète, j'aimerais le voir, juste pour rassurer ma cousine.

Rodolphe ne put masquer son trouble, son hésitation ; intérieurement, cela fit bouillir la jeune femme : finalement, ce n'était pas son type, il n'avait pas le caractère de son physique…*Next !* pensa-t-elle, tout en montrant son sourire le plus affable.

— Entendu, je vais vous conduire à sa chambre, suivez-moi, fit-il en lui indiquant un long couloir.

Arrivé devant la porte d'une chambre, l'infirmier s'immobilisa.

— Nous allons rentrer, mais vous ne pourrez rester que quelques minutes, c'est d'accord ?

La jeune femme acquiesça tout en se demandant comment elle ferait pour se débarrasser de l'infirmier si Alan était conscient et qu'il donnât l'alerte. Elle improviserait, tant pis pour Rodolphe s'il se trouvait en travers de sa mission ; pour sa fuite et son anonymat, elle trouverait une solution ensuite.

Rodolphe toqua et ouvrit la porte. Le lit était vide.

L'infirmier qui ne se remettait pas de son étonnement fut encore plus surpris lorsque la charmante blonde le prit par le revers de son col, à présent avec une rage indescriptible sur son visage.

— Où est-il ? fulmina Natasha.

— Je n'en sais pas plus que vous, répondit Rodolphe tout en se dégageant et cherchant le patient des yeux. Il est peut-être aux toilettes, ou sous la douche.

Mais la chambre était désespérément vide.

Rodolphe se précipita dans le couloir, tandis que Natasha tournait dans la chambre comme un fauve en cage.

— Ah Odile, fit Rodolphe en interpellant l'aide-soignante qui arrivait avec son chariot de médicaments. Tu ne sais pas où se trouve le patient de cette chambre ?

— Il ne doit pas être bien loin, répondit-elle désabusée. J'aimerais surtout savoir où se trouvent les médicaments que je venais de préparer sur ce chariot. J'avais tout consigné sur le classeur en suivant les ordonnances, le temps d'aller fumer une cigarette sur la passerelle et il en manquait une partie à mon retour.

Cet élément eut l'effet d'un flash sur les réflexions de Natasha, qui fit aussitôt irruption dans le couloir.

— Qu'est-ce qu'il vous manque ?

— Je ne sais pas, un peu de tout, pas de stupéfiant, généralement c'est ceux-là qui sont prisés. Des antiseptiques, des analgésiques, des bandes de gaze…tout ce qu'un patient aura de toute façon lors des soins dans ce service.

— Sauf si le patient en question s'est échappé.

Rodolphe et Natasha en étaient venus à la même conclusion.

Une fois de plus, les jeunes gens avaient filé, juste sous son nez. Ils ne devaient pas savoir qu'elle était à leur trousse, s'ils sont partis – une fois le problème de santé « réglé » –, c'est qu'ils avaient un but bien précis. Contacter son patron sans avoir de bonnes nouvelles serait certainement la dernière chose à faire et elle ne souhaitait pas bénéficier du même traitement de faveur que le molosse – elle ne s'était jamais résolu à l'appeler Tuco.

Natasha se mit à réfléchir à tous les éléments dont elle disposait : le but de ces deux fuyards devait forcément être le même qu'avant la fuite depuis chez Faust. Retrouver les assassins de son frère, avec en poche, l'information que le producteur avait donné à Alan : « La veuve Douglas […] interroge-la, il est possible qu'elle puisse t'aider ».

Info – intox de la part de mon patron ? se demanda-t-elle. Le jeune homme y croyait assez pour s'y rendre. Elle baissa la visière de son casque et mena sa moto en direction pour la maison de la riche veuve.

Le GPS de son smartphone la mena devant une demeure bourgeoise assez imposante, quasiment en bordure du Cours Professeur Édouard Loriebat. *Pourquoi payer un tel prix pour une maison dont seuls quelques mètres la séparent de l'un des axes les plus fréquentés de la ville*, s'interrogea la jeune femme en stationnant son véhicule sur le trottoir et cherchant du regard si la moto cross de ses proies ne s'y trouvait pas déjà.

Elle sonna à l'interphone du grand portail noir. Ses yeux s'attardèrent sur la haute grille, peinte de la même couleur, et sertie de piques d'une dizaine de centimètres : c'est ici que le frère d'Alan avait escaladé pour pénétrer dans cette propriété et qu'il s'était blessé, ironiquement au même endroit que son frère aîné le serait par la jeune femme quelques jours plus tard.

Aucune réponse. Natasha se recula légèrement, observa

la façade et guetta un signe de vie à l'intérieur de la maison, un mouvement derrière les rideaux…

— Il n'y a personne ici, Madame Douglas est dans sa résidence secondaire.

Celui qui venait de l'interpeler était un homme, la cinquantaine, plutôt ventru, la mine joviale, mais adoptait une attitude qui reflétait une haute estime de lui – à tort : cela se lisait aussi.

— Vous êtes ?

— Un voisin.

— Et je peux savoir où se trouve cette résidence ?

— Vous ignoriez que Madame Douglas était absente, vous ne savez pas où se trouve sa maison de vacances, fit l'homme en feignant de sortir d'une profonde réflexion pour être parvenu à cette conclusion.

— Et vous, un simple voisin – elle insista sur le mot « simple » –, vous le savez…

— Ça se pourrait. Il est même fort probable que j'ai déjà renseigné deux de vos collègues, ou plutôt concurrents dans la journée…

Mais qu'est-ce qu'il entend par là ? Deux personnes…Cet imbécile parlerait-il d'Alan et son complice ? se dit la jeune femme.

— Des collègues ? s'enquit-elle. Et quel métier pensez-vous que je fasse ?

— Journaliste ! répondit l'homme du tac au tac, non sans dissimuler une certaine fierté. Avec votre tenue, on voit tout de suite que vous êtes une jolie – il adressa un clin d'œil en énonçant cet adjectif – femme de terrain.

— Vous m'avez démasquée, vous êtes très perspicace, mentit la jeune femme. Juste pour savoir à qui j'ai eu affaire, est-ce que mes collègues étaient également à moto ?

— Ça oui, mais pas une racée comme la vôtre non, une plutôt genre cross, plus voyous. Alors cette adresse, vous la voulez ?

— À combien se monnaye la loyauté d'un simple voisin ?

— Pourquoi parler de loyauté, c'est une juste répartition des richesses. Vos amis sont arrivés les premiers, ils ont eu le droit à un tarif spécial. Pour vous ce sera un peu plus cher, mais vous avez des moyens de paiement qu'eux n'avaient pas.

Il illustra ses propos par un regard lubrique détaillant la combinaison de Natasha de haut en bas – en insistant à certains endroits.

Sans lui laisser le temps de réagir, la blonde fondit sur le voisin et réalisa une clé de bras en ceinturant son bras gauche du coude au poignet, exerça une pression entre ses mains, lui imposant de poser un genou à terre, le bras coincé au-dessus de la tête.

— C'est la seule monnaie dont je dispose, lâcha la jeune femme. Ça te va ?

— Lâ…Lâchez-moi, bredouilla le voisin.

Pour toute réponse, Natasha augmenta la pression sur l'articulation qui ploya encore un peu plus.

— C'est bon ! Je vais parler, mais arrêtez, je vous en prie !

Son visage se déformait dans une grimace qui n'inspirait qu'une méprisante pitié.

Elle relâcha le bras, le voisin, à genoux, posa ses deux mains à plat, souffla et enfin cracha.

— Alors ? s'impatienta la blonde.

L'homme leva la main en sa direction, geste qui implorait quelques secondes de répit.

Enfin, il lui communiqua une adresse, aux alentours de Dijon.

Dijon, pensa Natasha, *j'en ai pour quelques heures à moto.*

— Tu as intérêt à ce que ce soit la bonne adresse, menaça Natasha. N'oublie pas que je sais où tu habites…

La peur qu'elle lut dans les yeux de l'homme lui prouvèrent qu'il avait bien compris le message, mais pour lui garantir qu'elle ne plaisantait pas, elle préféra lui laisser un souvenir de son passage en frappant du plat de la main juste sous sa mandibule, provocant l'éclatement de l'os hyoïde.

Elle repartit en direction de sa moto, sans un regard en arrière sur l'infortuné voisin de la veuve Douglas qui portait les mains à sa gorge et tentait de retrouver sa respiration.

20

Les jambes allongées sur la banquette du train qui filait à travers la campagne pour rejoindre Dijon, Alan attendait le retour de Tim, parti chercher de quoi se restaurer.

Ce dernier ne tarda pas à revenir, sandwichs triangles et cannettes en main ; après avoir séparé le produit de ses achats, Alan observa son sandwich dans le sens de la tranche d'un air dubitatif.

— Il y a de la viande là-dedans ? demanda-t-il à Tim.

— Vite fait, j'ai demandé « poulet » mais je crois que la salade est plus épaisse.

Il avala une bouchée de son sandwich et poursuivit :

— La nourriture des trains m'a toujours foutu le trac !

Alan croqua dans le sien, pris le temps d'en identifier le goût et donna son impression à Tim, semblant attendre son verdict.

— L'annonce au micro que des sandwichs étaient « mangeables » (Il mima des guillemets invisibles, un bout de sandwich dans une main, le reste dans la bouche.), c'est le terme. « Propres à la consommation humaine » serait plus adapté, finit-il par dire dans un sourire.

— Voilà, acquiesça Tim en avalant une gorgée de cola. C'est toujours mieux que la bouffe à l'hosto…Oh pardon, je ne voulais pas te rappeler tous ces souvenirs, enfin à cause de ta blessure, ton frère…

— Ne t'en fais pas, le coupa Alan pour le rassurer.

— Et ta jambe, comment va-t-elle ? poursuivit Tim, toujours un peu embarrassé.

— Ça peut aller, répondit-il en se massant la cuisse, pour se rassurer autant que son interlocuteur. Les médecins ont fait du bon boulot et j'ai chouré suffisamment d'analgésiques pour tenir jusqu'à ce qu'on règle tout ça.

Ils marquèrent une pause, « savourant » leur repas acheté à la voiture-bar.

— Et toi ? s'enquit Alan. Je suis désolé de t'avoir embarqué là-dedans.

Tim balaya la remarque du revers de la main.

— Oh, c'est pas grave…Enfin, ça me change un peu tout ça, j'ai l'impression de vivre un truc complètement différent.

Alan acquiesça en souriant. Un sourire amer, espérant que Tim pourrait retourner un jour à une vie normale, loin de ce type de vie que lui-même côtoyait depuis trop longtemps déjà et alors même qu'il lui était inutile d'aspirer à une quelconque tranquillité.

Quelques temps après, la voix à l'accent du Midi du conducteur par l'intermédiaire des haut-parleurs, annonça l'arrivée du train en gare de Dijon.

Les deux jeunes hommes laissèrent le couloir libre pour les passagers les plus pressés et se levèrent enfin, attendant l'arrêt complet du train et l'ouverture des portes. Quand ce fut leur tour d'en descendre, ils contemplèrent le flot de voyageurs sur le quai : c'était la fin de la journée, les gens rentraient chez eux, quittaient leur lieu de travail. La fourmilière de la population active.

Alan aperçut que Tim regardait dans une direction, en souriant.

— Qu'est-ce que tu regardes ?

— Une meuf, je crois que j'ai un *eye contact* avec elle, elle me mate fixement et soutien mon regard.

— Tu es sûr que c'est toi q…

Alan ne termina pas sa phrase.

Tandis qu'il avait dirigé son regard dans la direction de cette femme, il tomba sur le visage de Natasha, une vingtaine de mètres en face, au milieu de la foule.

Il empoigna Tim par le col et le tira à l'intérieur du wagon, bousculant les derniers voyageurs qui en sortaient ; une fois dans le couloir, Alan imposa le rythme de la fuite autant que la douleur à sa jambe le lui permettait. Même si Tim le suivait, sans n'avoir posé aucune interrogation sur la situation, il expliqua sa réaction tout en courant.

— Cette femme sur le quai, c'est la tueuse qui nous suit depuis chez Faust, je ne sais pas comment elle est arrivée jusqu'à nous, mais je sais pourquoi.

Sa cuisse le lui rappela à chaque foulée.

La nuit était à présent tombée, Alan et Tim apercevaient au loin le terminal ferroviaire, son bâtiment principal circulaire, que les Dijonnais surnommaient la « Cocotte-Minute », se détachant dans l'obscurité. Ils circulaient à présent dans la zone de fret, enjambant voies ferrées et aiguillages.

— Pas facile d'enjamber tous ces rails sans rien voir, maugréa Tim.

— Ne te plains pas, avec une jambe en vrac, c'est encore moins évident.

— Tu ne penses pas que nous sommes assez loin ? Je commence à être essoufflé.

— Elle nous a retrouvés à plus de deux cent kilomètres d'ici, il ne lui sera pas difficile de nous suivre jusqu'ici.

Ils parvinrent à un grand hangar, que quelques projecteurs éclairaient, à l'intérieur duquel se trouvait une dizaine de motrices. Un moteur électrique était suspendu à une potence, au bout d'une flèche de cinq mètres environ.

— Waouh, un sacré bordel cette installation, s'exclama Timothée en se dirigeant vers l'installation de maintenance.

— Ne t'approche pas trop, fit Alan et le retenant par l'épaule, il y a un générateur de haute tension, ça risque de sentir un peu plus que le cochon grillé.

Tim grimpa à bord de la rame la plus proche d'une porte.

— Tu sais conduire ce genre d'engin ? On pourrait essayer, ça éviterait de marcher.

— Je ne sais pas et je ne veux pas tenter. Ecoute, j'ai compris le message, on sort de ce… « centre » et on appelle un taxi, ça te va ?

Tim opina et lorsqu'ils sortirent de l'atelier, ce fut pour pénétrer dans une enceinte circulaire découverte de trente mètres de diamètre, percée d'une fosse de deux mètres de profondeur que traversait une plateforme sur laquelle se tenaient des rails. Plateforme d'où rayonnaient une trentaine de voies répartie régulièrement tout autour du bâtiment.

Ils s'arrêtèrent juste devant la passerelle. Comme dans l'atelier, les quelques projecteurs d'appoint lançaient sur la scène des faisceaux de lumière jaunâtre qui crevaient l'obscurité.

— Qu'est-ce que c'est ça ? demanda Tim. On dirait un mécano géant.

— Ce doit être une rotonde, une rotonde ferroviaire.

Devant l'air interrogatif de son compagnon, Alan poursuivit.

— Sur la plaque tournante devant nous, tu peux rediriger les différentes motrices de l'atelier à leur lieu de remise dans les différentes voies qu'on peut voir tout autour.

— Et le trou là ? s'enquit Tim en désignant la fosse.

— Ça ? C'est utilisé pour faire la maintenance lorsque le train est sur le pont. Et vu que c'est le seul chemin possible, nous allons l'emprunter.

Encore une passerelle, on n'y voit pas grand-chose et on ne peut même pas juger de son état, se dit Tim, puis à haute voix :

— On ne peut pas chercher un interrupteur quelque part ? On n'y voit vraiment rien…

— Mieux vaut rester discret. L'autre dingue doit guetter le moindre signe qui lui révélerait notre présence.

Au moment où Alan posa un pied sur la passerelle, la rotonde toute entière fut plongée dans une lumière blanche étincelante, donnant l'illusion d'être en plein jour. Les deux jeunes hommes se protégèrent les yeux, puis, leurs rétines s'habituant à cette forte luminosité, ils distinguèrent les moindres détails du lieu dans lequel ils évoluaient.

A l'extrémité de la passerelle se trouvait un pupitre de contrôle équipé pour la commande du pont tournant.

En face d'eux, se tenait un chien, un berger allemand, tous crocs dehors et au bout de la laisse qui le retenait, un agent de sécurité grand, trapu et arborant la même dentition que son binôme.

— Qu'est-ce que vous foutez ici ? aboya le maître-chien.

— Nous nous sommes perdus, mentit – en partie – Alan. Nous voulions juste voir là où on faisait la maintenance…

— L'accès au Technicentre est interdit, le coupa le vigile. Comment êtes-vous rentrés ici ? N'avancez pas où je serais obligé de lâcher le chien.

Comme s'il avait compris la menace, le chien se mit aussitôt à grogner et tira sur la laisse. Alan, qui avançait lentement, stoppa net sa progression.

— Ecoutez, je n'ai pas vraiment le temps de vous expliquer mais…

Un bruit strident et aigu l'interrompit ; de puissants phares balayèrent la rotonde. Une moto de course remontait le long d'une des voies et s'arrêta à quelques longueurs du bord de la fosse. D'un coup de pied, le pilote décrocha la béquille latérale, descendit de la moto et retira son casque.

Depuis la passerelle, tous avaient la tête tournée vers Natasha ; Alan et Tim étaient encore sous le choc de se retrouver aux prises avec celle qu'ils appelaient la tueuse.

Le maître-chien regardait la blonde qui venait de garer sa moto. *D'où elle sortait, celle-là ?*

Natasha tournait en rond, son regard allait de la fosse à la passerelle, détaillant les trois protagonistes qui s'y trouvaient. Elle jeta un œil à sa monture, fit vrombir le moteur et lança un regard glacial à l'agent de sécurité. Ce dernier sortit son arme et la mit en joue, dans l'attente d'une action de la part de la jeune femme.

Tim et Alan profitèrent de l'attention du vigile portée ailleurs pour se rapprocher de lui.

— Cette femme est vraiment dangereuse, il faut la neutraliser à tout prix, lâcha Alan. Si vous ne voulez pas la tuer, tirez au moins dans les genoux.

Le vigile tourna la tête, semblant redécouvrir la présence des deux jeunes gens sur la passerelle, puis retourna à la surveillance de la jeune femme.

Elle enfourcha sa moto, la fit volter d'un coup d'accélérateur.

Un bruit aigu, bien plus aigu et insupportable cette fois-ci retentit dans toute la rotonde. L'accélérateur semblait être poussé à fond, la roue arrière tournait à une vitesse folle, dérapant sur le bitume coulé entre les rails, mais la moto restait sur place.

— Qu'est-ce qu'elle fout bordel ? dit l'agent de sécurité du bout des lèvres.

— Elle va faire un jump jusqu'ici, cria Alan les mains en portevoix. Tirez !

Le *burn* continuait, la fumée de la gomme sur le goudron envahit petit à petit la rotonde. Les volutes qui rencontraient les halos des projecteurs donnèrent à toute la scène un aspect fantomatique.

— Elle ne pourra jamais atterrir avec sa moto sur cette plateforme, c'est trop petit, prononça le maître-chien comme pour s'en convaincre.

Soudain, le bruit s'arrêta. Tout le monde resta suspendu à ce qui surviendrait « ensuite ». Le vigile continua de viser en direction de la moto – du moins ce qu'on en apercevait encore.

C'est alors qu'une ombre surgit, dispersant la fumée, son apparition rompant l'attente insoutenable de cette situation.

Une ombre ayant le contour brumeux d'un corps humain en pleine détente, dont la suspension en l'air semblait conserver un équilibre parfait.

— Attention, hurla Tim.

Natasha se réceptionna en roulant sur la plateforme, tous la suivirent des yeux et du canon de revolver.

La blonde acheva sa course entre les deux jeunes gens et le maître-chien. Elle releva la tête en direction du vigile ; tandis que le berger allemand cessa de grogner pour se mettre à gémir, son maître pointait son arme sur Natasha tout en interrogeant Alan du regard sur ce qu'il devrait faire.

Alan n'eut pas le temps de répondre que Natasha, vive comme l'éclair, porta la main à son holster de cuisse, saisit son couteau de combat et l'envoya en pleine gorge de l'agent de sécurité.

Ce dernier lâcha son arme, qui tomba au fond de la fosse, porta les mains à sa gorge, tentant de retirer la lame de son corps, mais déjà, sa silhouette s'animait comme un pantin ridicule et tremblant. Stupéfait – et fatigué de solliciter sa jambe blessée –, Alan ne bougea pas alors que Tim, mû par l'adrénaline, chassa son naturel et se précipita vers le vigile, qui gisait à présent sur le sol.

Il n'eut pas le temps d'atteindre la victime – ni d'entendre l'alerte criée par Alan –, déjà Natasha lui asséna un coup de pied en pleine poitrine et le projeta violemment contre le pupitre de commande. Sous le choc, à quelques secondes de l'évanouissement, Tim tenta de s'accrocher désespérément mais à l'intérieur de son crâne, tout semblait éclater. Il abandonna la lutte.

Un craquement sourd d'acier provint du centre de la rotonde, des craquements métalliques retentirent de toute part et résonnèrent dans l'ensemble de la structure.

Elle semblait se mettre toute entière en mouvement !

Il y avait effectivement un déplacement, mais il n'était pas à mettre au compte de la charpente, ni de son anneau central : la passerelle seule était en rotation, Tim ayant, dans sa chute, poussé accidentellement le bouton de mise en route.

Les deux acteurs encore conscients des évènements qui se déroulaient furent surpris et, malgré la relative lenteur du mouvement, furent déstabilisés : Alan, qui se reposait maladroitement sur sa jambe encore valide, comme Natasha, occupée à retirer son arme de prédilection de la gorge du vigile, vacillèrent lorsque la structure s'ébranla puis tombèrent dans la fosse, deux mètres plus bas.

Lorsque son dos rencontra le sol, Alan eut le souffle coupé pendant quelques secondes ; heureusement, sa tête n'avait pas été touchée, mais il ressentit de fortes douleurs dans tout son corps. *Déjà bon signe, je sens tous mes membres*, pensa-t-il.

Les yeux fixés en l'air, il voyait la passerelle tourner au-dessus de lui, les lumières des projecteurs étant stoppés ou déviés avec une fréquence régulière, tel un stroboscope « naturel », provoqué par l'ensemble de poutres et poutrelles métalliques qui formaient la plateforme et les treillis de renfort en dessous.

Alan pencha la tête, vit le corps inerte de la jeune femme, étendu sur le côté. Ses yeux furent attirés par un reflet argenté qui apparaissait et disparaissait, à quelques mètres de lui, à mi-chemin entre lui et Natasha.

Le couteau !

Le jeune homme se mit sur le côté, prit appui sur son coude et tenta de se hisser : sa jambe était trop douloureuse. Il jura. Des points de suture avaient dû s'ouvrir suite à la chute.

Une plainte, un gémissement. Natasha, si elle était demeurée inconsciente plus longtemps que lui, revenait à elle rapidement et semblait bien plus en forme.

Elle se tenait debout, fixant Alan.

Ce dernier soutint son regard.

Il ne souhaitait surtout pas qu'elle devinât où se trouvait le couteau.

La lumière artificielle, qui fut son alliée lorsqu'elle lui révéla l'arme blanche, devint traîtresse lorsqu'elle révéla à Natasha la présence de la lame au sol.

Trop tard pour récupérer le couteau, trop tard pour fuir, trop faible pour attaquer, il faudrait se défendre. Chèrement.

Une fois le manche du couteau en main, elle se jeta sur Alan, qui rampait sur le dos le plus rapidement que sa position le lui permît. Il rassembla toutes ses forces et ses membres pour ralentir la progression du couteau qui cherchait le chemin de sa gorge. Ses bras près de sa poitrine, les paumes des mains en avant, lui permirent de lutter contre la jeune femme, qui avait dû être affaiblie par sa chute, mais inexorablement, le fil de l'acier gagnait du terrain.

Leurs visages n'étaient plus qu'à une dizaine de centimètres l'un de l'autre, la blonde serra les dents. Le jeune homme n'avait ni l'élan, ni l'énergie nécessaire pour donner un coup de tête, mais la blonde elle…

Alan cracha au visage de Natasha, il atteignit les yeux.

Surprise, elle relâcha son effort pendant quelques centièmes de secondes, durant lesquels Alan en profita pour réunir tout ce qui lui restait de force pour pousser sur ses cuisses et éjecter son assaillante. Il sentit une intense douleur aigüe à sa jambe meurtrie, mais il était – temporairement – libéré.

Il parvint à s'assoir difficilement sur le côté, mais Natasha se tenait debout le couteau à la main. Alan leva la main en signe d'apaisement.

— Cette fois, tu vas crever ! fit la jeune femme, telle une furie.

— Ne reste pas là, dégage ! hurla Tim.

— Tu n'as pas d'ord…

Une poutrelle du treillis de la passerelle, toujours en rotation, venait d'exploser l'occiput de la jeune femme, mettant ainsi un terme à sa conversation de façon soudaine et violente. Son corps s'écroula sur le sol, la main tenant toujours le couteau.

Une flot de sang s'échappa de l'arrière de son crâne et empourpra la dalle bétonnée.

Le bruit d'un moteur décélérant résonna dans le bâtiment, puis la passerelle s'immobilisa.

— Alan, ça va ? demanda une voix depuis le haut.

— J'ai connu mieux, mais ça va, répondit-il à Tim.

Après un énorme effort, il parvint à se relever, déchira deux lambeaux dans son t-shirt et en emmaillota ses deux mains avant d'emprunter l'échelle qui se trouvait au centre de l'anneau et permettait d'atteindre la passerelle.

Ayant entendu les bruits provoqués par la courte – mais pénible – ascension d'Alan, Tim vint l'accueillir pour l'aider.

— Tu es blessé ? Qu'as-tu fait à tes mains ?

— Rien, c'est juste pour éviter de foutre mes empreintes partout.

Alan s'épousseta et testa la mobilité de sa jambe, avant de désigner le vigile :

— Il est toujours en vie ?

Pour toute réponse, Tim hocha les épaules.

Alors qu'il était revenu à lui, Tim avait eu la forte impression que tout tournait autour de lui.

Ce qui était littéralement le cas.

Une fois que son esprit avait acquis cette information, il chercha Alan du regard, vit le corps du maître-chien et s'en approcha : la plaie béante recrachait le sang au rythme décroissant des pulsations.

Il était totalement impuissant face à ce trou par lequel la vie s'échappait.

— Il n'y a plus rien à faire, constata Alan. A présent, nettoyons tes empreintes.

Tim ne répondit pas et fixait le corps de l'agent de sécurité. Le chien, assis à côté de son maître, gémissait sans s'arrêter.

— Ce n'est pas de ta faute, fit Alan en prenant Tim par l'épaule. Ça aurait pu être toi à sa place. Allez, nous devons partir d'ici.

L'agent de sécurité devait être le seul sur le Technicentre car le bruit de la moto et de la passerelle n'aurait pas manqué d'alerter d'éventuels collègues ; en tant que travailleur isolé, il devait donc contacter régulièrement le central de surveillance pour confirmer qu'il ne fût pas victime d'un malaise ou d'une agression : un manquement à cette prise de contact et l'équipe de surveillance viendrait sur place en vérifier la raison.

— Le flingue, on en fait quoi ? Tu l'as pris ?

— Non, je l'ai laissé en bas. Même avec la mort de cette tueuse, nous pourrions en avoir besoin, mais les flics s'apercevraient très vite que cette arme manque à la scène de crime et je n'ai pas trop envie qu'ils s'intéressent à nous.

Tim acquiesça en silence.

Les deux jeunes gens s'éloignèrent le cœur serré, Tim jeta un dernier coup d'œil en direction de ce maître-chien qui gisait là. A cause d'eux.

La scène macabre n'était peuplée que de deux témoins muets pour l'éternité et le chien qui avait perdu son maître oscillait entre gémissements et hurlements à la mort.

Alan ne souhaitait pas inquiéter Tim, mais malgré toutes les précautions qu'il avait prises, il était possible que le travail minutieux de la police les menât sur leur piste. Il espérait que la présence d'un vigile sur le site était synonyme d'absence de caméras de surveillance.

Caméras qui contiendraient le déroulement exact des funestes évènements.

Quelque part, en haut de la charpente, suspendu à un treillis métallique et parfaitement invisible pour les deux jeunes gens, un dispositif d'enregistrement vidéo était dirigé vers le centre de la rotonde.

21

Rodolphe ouvrit la porte d'entrée de son appartement avec autant de dextérité que l'eussent permis un sac rempli de sushis, temakis et sashimis dans une main et quelques phalanges laissées libres par l'imposant trousseau de clés – dû à son ancienneté à l'hôpital, qui se mesurait aux nombres de clés que l'on accumulait au fil des années – dans l'autre.

Il franchit le seuil, fit claquer la porte d'un coup de pied en arrière, jeta son trousseau sur le plan de travail de la cuisine américaine et déposa le sac sur la table basse, pile en face de la télé. Il prit une bière dans son réfrigérateur, la décapsula et vint s'avachir dans son canapé, les pieds allongés devant lui.

Il allait enfin pouvoir se détendre, après cette longue journée de travail ; journée qui sortait de l'ordinaire pourtant, avec cette curieuse blonde qui était venue rendre visite à ce patient qu'elle prétendait connaître par sa cousine ; puis la femme comme le patient avaient disparu, l'un après l'autre.

Après avoir savouré sa bière jusqu'à la dernière goutte, il reposa la bouteille vide et sourit à l'idée de la fin de soirée qui l'attendait, cette perspective le motivait depuis que son téléphone l'eût réveillé, très tôt ce matin, sur l'air d'une chanson de Notorious B.I.G.

De sa télécommande, il interrompit la veille de la télévision, celle-ci diffusa aussitôt le journal des actualités. En attendant de visionner le dernier épisode de *Game of Thrones* - le *season finale* en plus ! – téléchargé illégalement par son ordinateur pendant la journée, le bruit de fond des actualités ferait très bien l'affaire.

143

Tandis qu'il disposait les différents mets japonais, tout en dosant avec parcimonie le wasabi dans la sauce soja, il se demandait comment allait évoluer sa série préférée.

Il n'avait pas lu les livres de Georges R.R. Martin, mais savait par les forums consacrés à la série, que les premières saisons étaient fidèles à l'œuvre originale.

— Quel perso populaire ce con d'auteur va-t-il encore buter ? dit Rodolphe à sa télévision.

Il fixa l'écran avant de récrier – et de laisser échapper tout le contenu du wasabi dans la sauce :

— Oh merde !

L'écran plat affichait le corps allongé de la blonde qui était venue à l'hôpital en début de journée. Sur le ruban incrusté dans la partie basse de l'image, défilait un texte annonçant un double meurtre dans un centre de maintenance ferroviaire, à Dijon.

— Dijon ! s'exclama l'infirmier. C'est à plus de trois heures de route d'ici…

Il augmenta le son de la télévision.

La voix off évoquait le déroulement – supposé – des évènements : l'agent de sécurité avait dégainé son arme face à cette intruse, venue avec sa moto, mais elle l'avait poignardé avant, le vigile lâchant son revolver – que l'on avait retrouvé dans la fosse – et, en agonisant, il avait actionné accidentellement la rotation de la plateforme, faisant ainsi chuter sa prétendue assassin quelques instants après avoir récupéré son couteau.

En attendant de déterminer l'identité de la jeune femme, le juge d'instruction de Dijon avait déjà ordonné la réalisation d'une autopsie judiciaire (combinée à l'enquête), espérant lever le voile sur les évènements et confirmer les causes des décès – respectivement le poignard pour l'agent de sécurité et un choc à l'arrière de la tête provoquée par la collision avec un élément de la passerelle tournante pour celle dont tout le monde ignorait qu'elle s'appelât Natasha.

Pendant que Rodolphe essayait d'ingurgiter les informations à défaut de son repas, le journaliste, cette fois-ci filmé en plan large avec la plateforme en arrière-plan où l'on voyait s'activer les forces de l'ordre et scientifiques, expliquait que l'endroit était placé sous surveillance vidéo mais que l'armoire électrique alimentant les caméras avait été forcée et des fils sectionnés – ce qui avait donné l'alerte à la société de surveillance, qui après avoir contacté, sans succès, son agent sur place, n'avait pu que constater la présence des deux cadavres en arrivant sur les lieux. Des résidus de gommes de pneus furent prélevés au bas de l'armoire et envoyés au laboratoire d'analyse pour vérifier s'ils correspondaient aux pneus de la moto retrouvée sur place, qui appartenait vraisemblablement à la jeune femme décédée.

— Putain, dit tout haut Rodolphe en mettant la télévision en veille. Dire que je pensais avoir un ticket avec cette femme…

Un long frisson le parcourut tout entier lorsqu'il s'imagina à la place de ce malheureux agent de sécurité.

Cette femme avait de quoi glacer le sang.

Il prit un maki qu'il trempa dans sa sauce, le porta à sa bouche et en enfourna un second immédiatement derrière.

Après quelques bouchées et une étrange sensation de chaleur dans la gorge, il jeta un rapide coup d'œil au ramequin avant de saisir le sachet de wasabi. Il était vide.

22

Après avoir vidé son verre de thé glacé, Alan le posa sur la table basse devant lui.

Madeleine Douglas, l'invita à se resservir s'il le désirait. Elle affichait un visage sévère, encadré par une abondante chevelure grise, et son regard, porté par des iris couleur améthyste, scrutait durement les deux jeunes qui s'étaient présentés chez elles.

Elle portait une robe simple et, malgré ses soixante-dix ans passés, son allure ne trahissait pas son âge.

Pour Alan, cette entrevue avec la veuve Douglas était le point d'orgue de cette quête pour la recherche du meurtrier de son frère. Il avait vaincu tout ce parcours semé des plus mortelles emmerdes.

Une seule piste qui l'avait mené tout droit face à cette femme détenant, l'espérait-il, toutes les réponses pour armer sa future vengeance et réhabiliter Bruno. Pourtant, il sentait que sa haine avait quelque peu diminué, comme si la pensée de son frère, plutôt que d'attiser sa colère, la reléguait à un sentiment qui le ferait plonger dans les noirceurs de son âme.

Tim, qui s'était levé pour consommer sa boisson, s'approcha de la fenêtre et son regard se perdit dans le parc de la propriété.

Ses pensées étaient tournées vers le déroulement des évènements de la veille.

Deux cadavres, voilà ce à quoi la journée précédente pouvait se résumer. Le sang-froid apparent d'Alan dans une telle situation, avait effrayé Tim plutôt que rassuré.

Pourtant, il avait cédé à une curiosité morbide afin d'apercevoir le corps de la blonde.

Alan n'avait pas vraiment laissé le temps à son compagnon d'escapade de réaliser à quel point ils étaient engagés dans une aventure périlleuse : il fallait quitter le Technicentre avant que la société en charge de la sécurité ne vînt contrôler pourquoi son agent ne répondait plus – ou qu'une personne témoin du vacarme de la scène donnât l'alerte.

Une fois dans le centre de Dijon, l'obscurité masquant les marques de leur dernier affrontement, les deux jeunes hommes filèrent dans les premières toilettes publiques qu'ils trouvèrent et en profitèrent pour se rincer et se désaltérer.

Se refaire une santé autant que cela était possible.

La vision du vigile poignardé en pleine gorge et de la jeune femme baignant dans son sang s'était imposée à Tim – malgré lui –, son estomac s'était alors brusquement contracté et avait restitué le repas ingurgité plus tôt dans le wagon et Alan, qui dans un geste de compassion posait sa main sur son épaule tandis qu'un filet de bile achevait de s'étirer jusqu'au sol, avait plaisanté :

— Eh ben les sandwichs ont presque meilleure apparence là qu'avant !

Il ne fallait pas céder à la panique et réagir : la police serait sur place très prochainement et mieux valait ne pas errer dans les rues en pleine nuit.

Malgré la plaie à la jambe qui le faisait souffrir, Alan proposa à Tim de se rendre en marchant chez Madeleine Douglas, dont la demeure se trouvait dans la banlieue de Dijon.

Dès lors, une randonnée nocturne débuta ; sans éclairage, se dissimulant derrière les arbres dès qu'un véhicule s'approchait, Alan et Tim se dirigeait inexorablement vers leur but.

Alan n'évoquait plus le sujet de leur présence dans cette situation…nauséabonde : ils avaient d'abord échappé à un gang local, pénétré le repère d'un truand, affronté une tueuse et laissé deux morts derrière eux après avoir failli subir le même sort. Cela faisait beaucoup trop selon Tim, pour une simple réhabilitation à laquelle Alan prétendait. Tim avait la photo du suspect, il aurait dû suivre son instinct et insister pour qu'ils se rendissent à l'hôtel de police.

Au lieu de cela, ils poursuivaient cette ligne d'arrivée, une demeure où Alan reportait tous ses espoirs. Et où tout finirait.

A présent, l'un comme l'autre savaient qu'ils pourraient figurer sur la liste des morts dans cette affaire.

A environ 1 km de leur destination, Alan préféra s'arrêter pour dormir un peu et reprendre quelques forces, sachant également qu'ils ne pouvaient sonner chez la veuve en plein milieu de la nuit sans risquer un accueil pour le moins mitigé.

Au réveil, après de trop peu nombreuses heures de sommeil, Alan semblait pourtant en meilleure forme. Il proposa à son compagnon d'infortune de rester à l'extérieur de la résidence, dont les contours commençaient à se dessiner dans les premières lueurs du matin, en dehors de ce qui allait se passer, mais Tim refusa : derrière celui qui parlait de justice il entrevoyait une personne guidée par la vengeance. Il ferait tout pour l'en sauver.

Après avoir accueilli avec plaisir le sucre du thé glacé qui avait remis un peu de carburant dans son organisme, Tim chassait ses pensées lugubres en parcourant du regard l'intérieur de cette demeure.

Parquet, marbre, bibliothèque, fauteuils…cette profusion dans l'aménagement de cette demeure lui évoquait le manoir du milliardaire Bruce Wayne, alias Batman dans le *comics* éponyme. Avec cette même austérité, enchâssée par de larges dimensions et une décoration opulente, jusqu'à cet imposant lustre qui trônait au milieu du plafond.

Rien que le salon dans lequel ils se trouvaient devait être plus grand que l'appartement complet de ses parents. Il imagina un instant ce lustre imposant chez lui…Entre la hauteur de plafond et la distance entre les cloisons, un tel luminaire les obligerait à le contourner comme un rond-point, aussi à l'aise qu'un camion l'empruntant sur une route de campagne ; le tout en rasant les murs.

Cette pensée l'amusa, avant que la voix d'Alan ne le ramenât au réel but de leur venue en ce lieu :

— Je vous remercie encore Madame de nous avoir reçus. J'ai bien conscience que notre visite est…particulière et j'espère qu'elle ne vous embarrasse pas.

La vieille femme le scruta de ses yeux violets puis, son visage arborant toujours un masque impassible, elle répondit.

— Embarrassée ? Non, pas embarrassée…Intéressée.

Elle sembla observer la réaction d'Alan et poursuivit :

— Je suppose que vous souhaitez savoir ce que j'ai déjà raconté à la police, que je confirme ce que la presse répète à propos de votre frère, même si vous espérez entendre une autre version. Je le veux bien à une condition, que vous répondiez à ma question : Pourquoi ?

Alan sourit et écarta les bras en signe d'impuissance, comme si la réponse était évidente.

Le visage sévère et les lèvres pincées de Madeleine Douglas lui indiquèrent qu'elle attendait une toute autre réponse.

— Je…Enfin mes parents.

La vieille dame le fixa et, d'un geste, l'encouragea à poursuivre.

— Je veux dire « nos » parents, je les ai déjà déçus par le passé… Je veux réhabiliter mon frère, même si ça ne le fera pas revenir.

— En effet, appuya la veuve Douglas. Votre frère n'était pas parfait, vous n'êtes pas parfait et personne ne vous le demande d'ailleurs. A part vous-même.

La réplique était dénuée de toute compassion.

— Vous n'avez pas compris, reprit Alan visiblement troublé. Je cherche juste à rétablir la vérité et j'ai la preuve qu'il est innocent.

La vieille femme fronça un sourcil à cette évocation mais revint sur le sujet qui préoccupait son interlocuteur.

— Vous prétendez le réhabiliter, vous pensez agir comme un justicier en parlant de vérité, mais à travers votre noble cause, vous essayez de réparer vos actes passés. Croyez-moi, apprenez à vivre avec vos imperfections, allez dire à vos parents ce que vous ressentez et soutenez-les dans cette épreuve. Je suis également loin d'être parfaite et je m'en accommode très bien.

— Ce n'est pas aussi simple, c'est plutôt compliqué pour communiquer avec mes parents.

Madeleine Douglas reprit sa tasse de thé qu'elle porta à sa bouche.

— Vous me parliez d'une preuve de l'innocence de votre frère, dit-elle entre deux gorgées.

Tout en faisant le tour de la pièce et en parcourant du regard les étagères pleines de livre, Tim ne put s'empêcher de remarquer qu'Alan, d'une allure si droite et volontaire depuis le début de toute cette aventure, depuis son entretien avec cette veuve – et plus particulièrement à l'évocation de ses parents – était plutôt replié, les épaules basses, hésitant.

Il est un peu comme moi finalement, pensa Tim.

Comme s'il avait lu dans ses pensées et qu'il voulait reprendre l'avantage de cette conversation, Alan se redressa et posa ses mains bien à plat sur la table.

— Chaque chose en son temps, voulez-vous. A votre tour : qu'est-ce qui s'est passé chez vous ?

Madeleine Douglas laissa planer un silence puis, des mots sortirent de sa bouche lorsque ses lèvres se desserrèrent :

— Le mobilier de mon salon, j'entends celui de ma résidence principale, était trop chargé. Chargé de souvenirs, imposant… Je suffoquais et j'ai décidé d'en vendre une partie. Le futur acheteur a alors pris contact avec moi, nous nous sommes entendus sur le prix et avons convenus d'une date d'enlèvement. L'argent de la vente a bien été viré sur mon compte et il m'a informé qu'il ne viendrait pas personnellement mais ferait appel à une agence d'intérimaires, spécialisée dans le déménagement. Ce sont donc cinq jeunes hommes qui sont venus pour enlever mes meubles ; les cinq étaient vêtus d'un blouson rouge avec cette étrange raie en badge sur le devant et en blason à l'arrière pour le plus petit d'entre eux. Ce n'est qu'après le cambriolage que la police m'a appris que ce que je prenais pour le logo de leur société était en fait l'emblème d'un petit gang, auquel votre frère appartenait.

Alan remarqua le dédain volontaire qu'elle mît dans le terme « petit » pour qualifier le gang et, bien malgré lui, cela le blessa.

— Je proposai à ces jeunes gens une boisson après leurs efforts et leur montrai les autres meubles dont je souhaitais me séparer et qui n'avaient pas trouvé acquéreur. Deux d'entre eux se montrèrent intéressés, ils prirent des photos avec leur téléphones, passèrent quelques coups de fils. Puis ils me saluèrent en promettant de me tenir rapidement au courant s'ils donnaient suite ou non.

Tim s'était rapproché et écoutait le récit de la veuve avec attention.

— La nuit même, poursuivit la vieille femme, à moitié endormie j'ai entendu des bruits de pas faisant craquer le parquet. Je me suis alors levée ; des sons de voix étouffées me parvenaient au fur et à mesure que je me rapprochais de ce qui semblait en être l'origine

— Waouh, vous vous êtes levée comme ça, sans avoir peur, souffla Tim. Chapeau, surtout pour votre âge.

Madeleine Douglas ne put s'empêcher de sourire et reprit :

— Ma première pensée fut qu'il s'agissait de mon majordome, mais comme je pressentais quelque chose d'autre, je suis allée vérifier. Alors je suis rentrée dans la pièce d'où provenaient les sons : deux hommes s'y répandaient en invectives. Jérôme, mon majordome. (Elle fixa Alan avec un regard sévère mais qui semblait s'excuser d'avance pour le propos qu'elle allait tenir). Et votre frère.

Alan changea de position sur son fauteuil, comme pour éluder cet élément du récit et encouragea la veuve Douglas à poursuivre.

Elle acquiesça avec un hochement de tête.

— Jérôme empoignait votre frère par le col, ou plutôt un bout de la capuche de son blouson, le même qu'il portait l'après-midi. Votre frère se débattait et tentait de rejoindre la fenêtre, grande ouverte. Apparemment, il avait emprunté ce chemin à l'aller. Mon entrée dans la pièce a laissé un moment de flottement. Moment que votre frère a mis à profit pour s'échapper de l'étreinte de mon majordome et il a enjambé la fenêtre. S'il avait escaladé le premier étage à l'aide de la canalisation et des prises qu'offraient les pierres de tailles, il a chuté à plus de quatre mètres de hauteur et atterrit sur les buissons qui se trouvaient en dessous. Nous étions accoudés à la fenêtre et n'avons pu qu'assister, impuissants, à la fuit de votre frère par-dessus la grille ; c'est alors que nous l'avons entendu crier. Malgré l'obscurité, nous avons pu discerner votre frère, essayant, désespérément de dégager sa jambe. Je vous avoue qu'à ce moment, je ne savais que souhaiter mais, alors que je venais de prendre la décision d'appeler les secours et de demander à Jérôme de lui venir en aide, votre frère a hurlé une dernière fois et a pu se dégager. C'est la dernière fois que je l'ai vu.

Alan plongea sa tête entre ses mains pour trouver la force d'accuser cette révélation.

Ce fut au tour de Tim de poser une main amicale sur son épaule.

Alan se redressa enfin puis, s'adressant à Madeleine Douglas :

— Il est effectivement revenu chez vous cette nuit-là. Mais pour le reste ? Vos bijoux ?

— Nous nous sommes dirigés ensuite vers la pièce d'où Jérôme l'avait vu sortir : le coffre-fort était ouvert, les documents importants mais sans valeur étaient toujours là…En revanche, l'ensemble des bijoux qui y étaient entreposés manquaient à l'appel. Je suis désolée.

— Vous avez constaté l'absence des bijoux mais vous n'avez pas vu Bruno avec, n'est-ce pas ? Ni les dérober ? interrogea Alan, plus pour lui-même que pour son interlocutrice.

— C'est vrai, admit Madeleine Douglas. Mon majordome ne l'a pas vu non plus s'en emparer. Toujours est-il qu'après la visite de votre frère, les bijoux que mon mari m'avait offerts avaient disparu.

— Votre majordome, vous avez confiance en lui ? Je veux dire, l'occasion était parfaite, elle s'est présentée comme ça, sans que ce soit prémédité…

— L'accusation envers votre frère et sa mort vous donnent le droit d'être en colère, le coupa la vieille femme, mais pas de soupçonner mon personnel. Je vais mettre cette accusation que vous qualifiez d'hypothèse sur le compte du chagrin. Revenons à cette preuve que vous évoquiez.

Cette dernière phrase tira Alan de sa torpeur.

D'un geste du doigt, il demanda quelques instants ; il fouilla la poche intérieure de son blouson, en sortit la photo de l'inconnu encapuchonné qu'il posa sur la table et, de son index, il la fit glisser jusqu'à la veuve Douglas, comme un donneur distribuant les cartes au poker.

N'était-ce pas une partie de poker, là où il dévoilait son jeu et il risquait le tout pour le tout, à laquelle il était en train de jouer ?

La septuagénaire prit la photo et la considéra attentivement.

Elle remarqua du coin de l'œil qu'Alan l'observait, les bras croisés.

— Qui suis-je censée reconnaître ? finit-elle par demander.

Le ton de la question était neutre, mais il regorgeait de toute l'ironie dont elle semblait capable.

— L'assassin de mon frère, répondit Alan sèchement. Et si le blouson qu'il porte est le même que celui de mon frère, je peux vous affirmer que ce type-là ne fait pas partie de la bande des Raie Manta.

Avant que la veuve eût le temps de répliquer, il poursuivit :

— Cet homme est venu jusque dans la chambre de l'hôpital où mon frère recevait des soins suite à « l'escapade » (De ses doigts, il mima des guillemets en l'air.) à votre domicile. Juste pour le tuer.

— J'apprécie votre nuance sur le terme, mais permettez-moi de reprendre le titre de la presse et de nommer ici : un cambriolage. Cela colle bien plus à la réalité. D'ailleurs les médias n'ont jamais fait mention de cet « assassinat » (À son tour elle dessina les guillemets, guettant la réaction d'Alan.), alors qu'il s'agit plus vraisemblablement d'un règlement de compte. La police ne m'en a d'ailleurs pas informée alors que j'ai été en contact avec eux après le décès de votre frère.

— C'est que…C'est mon ami Tim qui partageait la chambre avec Bruno qui a pu récupérer cette photo grâce à son ordinateur. L'hôpital n'est pas au courant et nous…enfin j'ai préféré ne pas en parler à la police.

— Réparation, vengeance ou meurtre ? ironisa la veuve Douglas. Vous allez devoir choisir, mais je commence à comprendre pourquoi vous n'avez pas porté cette preuve à une instance qui pourrait vous soustraire au plaisir de vous faire justice vous-même.

Elle posa la photo sur la table et la repoussa vers Alan de la même façon que lui.

— Dîtes-moi juste que vous ne connaissez pas cette personne et nous nous en irons.

— Je ne la connais pas. Mais pourquoi semblez-vous convaincu d'une certaine connexion entre moi et l'assassin de votre frère ?

Alan hésita puis se lança :

— Même si cette personne ne fait pas partie des Raies Manta, nous sommes partis sur l'hypothèse qu'il pouvait avoir un lien avec le butin de votre…cambriolage. Nous avons remonté la piste jusqu'à un revendeur potentiel, munis de cette photo : il l'a formellement reconnu et nous a indiqué qu'il était effectivement venu le trouver mais que la transaction n'avait pas abouti. Le seul renseignement que nous avons pu obtenir était que vous pourriez nous aider.

— J'ignore de quelle nature est votre relation avec cet homme, suffisamment intime en tout cas pour que la parole d'un trafiquant de bijoux volés ait plus de valeur que la mienne, trancha Madeleine Douglas.

Un silence pesant s'installa. La vieille femme fixait Alan avec intensité.

Puis, elle annonça, d'une voix sèche :

— Je vais vous demander de partir à présent.

Alan et Tim se regardèrent : tout ce chemin parcouru, toutes ces péripéties affrontées…et la déception au bout. Le jeune homme rempocha la photo, en même temps que ses espoirs.

Avec un arrière-gout d'amertume, il joua une dernière carte :

— Si on remonte à cette personne, on retrouve vos bijoux.

Il sentit bien que sa dernière phrase n'eut aucun effet.

Seule une visite à la police pouvait rendre encore possible cette réhabilitation et Alan tenta de se raccrocher à cette idée.

Les deux jeunes gens saluèrent la veuve Douglas et alors qu'ils se dirigeaient vers la sortie, elle les interpela :

— Laissez donc mon majordome vous raccompagner.

— Ça ira merci, dit Alan sans se retourner. On connait le chemin.

— J'insiste, fit une voix masculine.

Alan et Tim se retournèrent au son de cette voix.

Un homme tenait un pistolet braqué sur eux.

L'homme de la photo.

23

Jérôme, la quarantaine, un mètre quatre-vingt environ, les cheveux châtains coupés ras, avec cette même mâchoire carrée et ce même nez camus que l'on distinguait sur la photo, se tenait à côté de Madeleine Douglas et les menaçait d'une arme.

Alan se perdit dans ce regard bleu acier. Un regard dont il se souvenait parfaitement depuis qu'il l'avait aperçu lors de l'impression chez Tim.

S'il souhaitait réellement la réhabilitation de son frère par le bras de la justice, une part de lui n'avait cessé de penser au moment où il ferait face à cette paire d'yeux, entraînant cette poussée d'adrénaline qui lui avait permis d'affronter tous les obstacles jusqu'à cette confrontation. Mais il s'était toujours vu l'expédiant dans le royaume des morts, cet affrontement de regard étant la dernière chose que l'assassin de Bruno vivrait.

Point de justice, ni de vengeance. Il se trouvait dans le viseur du meurtrier de son frère.

— Haut les mains ! ordonna Jérôme en agitant le canon de son arme.

Les deux jeunes gens s'exécutèrent.

— « Haut les mains » ? ironisa Alan. Vous êtes sérieux ? On n'est pas dans une série des années 80 !

Malgré la situation, il tentait de contenir sa colère croissante ; il ne pouvait faire de gestes inconsidérés sans mettre Tim en danger.

Le majordome le considéra avec un sourire signifiant « Peu importe ce que vous pouvez dire, c'est moi qui ai le flingue ! ».

D'un geste du doigt, il leur indiqua de venir à sa hauteur.

Tim qui avait obtempéré mollement à la sommation s'adressa à la veuve Douglas en désignant Jérôme :

— On vous montre la tête d'un type en photo et vous n'êtes même pas foutu de le reconnaître alors qu'il travaille chez vous ? Vous perdez la boule.

Décontenancé, Jérôme se tourna vers sa patronne d'un air perplexe. Elle leva les yeux au ciel.

— Il ne le fait même pas exprès, ne fais pas attention à lui mais surveille bien l'autre.

L'autre en question serra les poings et contracta son visage. Il souhaitait leur mort. Une terrible mort.

— J'aurais dû me débarrasser de toi aussi à l'hosto, dit Jérôme, toujours tourné vers Madeleine Douglas.

A cet aveu – et à l'opportunité qui se présentait –, Alan ne put se contenir davantage et fonça sur le majordome.

Pas assez rapidement.

Alan fut stoppé, le canon de l'arme pointé sur son front.

Tim ne put réprimer un cri.

L'index de Jérôme jouait avec la queue de détente du pistolet.

— Assez ! tonna Madeleine Douglas. Jérôme, invite nos hôtes à s'asseoir.

Un répit, un minuscule répit peut-être mais cela peut tout changer, pensa Alan.

Elle leur désigna le fauteuil deux places sur lequel Alan était assis quelques minutes auparavant. Sans le majordome qui pointait toujours son arme dans leur direction, le moment pourrait sembler empreint d'une grande cordialité.

Jérôme tira une chaise pour la rapprocher près de sa patronne et s'y assoir.

Sans jamais relâcher la surveillance, nota Alan.

— Tu sais Alan, fit le majordome, tu as parfaitement raison : si on retrouve l'assassin de ton frère, on retrouve les bijoux.

Il prenait un plaisir évident et Alan voulait masquer le profond ressentiment qu'il éprouvait.

Euphémisme.

— Pour les bijoux, reprit Jérôme, je vous rassure, ils sont en lieu sûr.

— Reprenons notre conversation où nous l'avons laissée, voulez-vous.

Madeleine Douglas souhaitait discuter. Alan ignorait à quoi cela rimait, quel but la vieille femme poursuivait, mais tout était bon pour gagner du temps et se sortir de cette situation.

Il fallait absolument extraire Tim du guêpier dans lequel il l'avait fourré.

— Il faut que je rectifie certains détails, reprit-elle le plus naturellement du monde. Le déménagement de l'après-midi, ces jeunes en blouson rouge et leurs yeux qui brillaient face au luxe de mes biens. Je n'ai rien fait pour dissimuler ma richesse, bien au contraire.

Alan ne perdait ni une parole de la veuve, ni un mouvement du majordome.

— Depuis quelques temps, certains bijoux offerts par feu mon mari m'embarrassaient, reprit Madeleine Douglas.

Ses yeux s'évadèrent quelques instants.

— Ces bijoux avaient perdu toute valeur sentimentale… Je crois même que je les haïssais, pour ce qu'ils représentaient. Mais je ne suis pas folle au point de ne pas leur reconnaître un autre type de valeur. Et pour ça, Jérôme a eu l'idée de simuler un faux cambriolage.

A l'évocation de son nom, le majordome esquissa un sourire narquois.

— Son ancien mari avait fait assurer ces verroteries pour un joli pactole, fit Jérôme. Tout ça pour « rien ». C'est alors que j'ai proposé mes services et j'ai exposé mon idée pour baiser les assurances – *un retour sur investissement.* Une fausse effraction, des bijoux faussement dérobés, une fausse déclaration aux assurances. Et une fausse déclaration à la police en accusant un groupe de jeunes déménageurs portant des blousons rouges, portrait-robot à l'appui. Il n'y avait qu'à attendre leur venue.

— Mais, comment pourriez-vous être sûrs qu'ils allaient venir cambrioler ? interrogea Tim.

— Parfois, concernant le vol, certaines personnes mettent leur morale de côté s'ils voient que leur victime ne souffrira pas trop du larcin, intervint Madeleine Douglas en souriant. Ils se croient autorisés, vous comprenez ?

Le pire, c'est qu'Alan comprenait.

— Le problème, dit Jérôme en le fixant, c'est que ton frangin n'avait pas perdu de temps et rentrait dans la demeure au moment même où nous élaborions notre plan. Si nous ne l'avons pas entendu, lui a écouté toute notre conversation. Ce qu'il a nié lorsque nous l'avons attrapé alors qu'il s'enfuyait par la fenêtre. Le craquement du parquet l'a trahi.

Le majordome se délectait, c'était évident. Alan refusait de lui donner satisfaction et conserva son calme. Pour l'instant.

— J'ai foncé sur lui alors qu'il enjambait la fenêtre, il suppliait de l'épargner, qu'il n'avait rien entendu. Quel idiot, il venait d'avouer sans se rendre compte. Alors que je l'empoignais par son stupide blouson, il a pu se libérer de mon étreinte et a sauté, ne me laissant que sa veste en cadeau.

Dans ses propos, il n'y avait aucune compassion, la volonté de heurter était manifeste. Facile de provoquer quelqu'un lorsqu'on a une arme pour répartie.

Alan était sur le point d'exploser. Il préféra achever lui-même sa souffrance.

— La suite, je vais vous la raconter : il n'était pas mort en sautant, il avait tout entendu de vos combines… vous saviez que s'il parlait il pouvait faire tomber votre plan ; tentant le tout pour le tout, vous avez porté plainte et déclaré les bijoux volés. Vous vous êtes arrangés pour savoir où Bruno était hospitalisé, puis vous êtes venus l'assassiner en portant anonymement son blouson pour orienter l'enquête sur un règlement de compte au sein de l'équipe des déménageurs.

— C'est exact, fit Jérôme, le félicitant pour son esprit de déduction. A un détail près : Madeleine a préféré ne pas mentionner ma présence à son domicile à la police. Puis, je me suis mis sur la piste d'un réseau de recel et de recyclage de bijoux et pierre précieuses afin d'y faire fondre l'or et retailler les diamants. Après avoir obtenus les renseignements auprès d'agents corrompus de la Brigade Contre le Cambriolage, je suis rentré en contact avec Fayard, producteur de musique classique, habile couverture qui cache sa véritable activité sous son pseudo de Faust. Même s'il est un gros bonnet du trafic de bijoux, l'affaire était trop grosse pour lui et il m'a rencardé sur des mecs de Paris, qui eux-mêmes font transiter leur came pour Anvers.

Madeleine Douglas prit la parole à son tour :

— Nous étions en train de mettre au point toute la logistique d'une future transaction lorsque nous sommes tombés sur une information très intéressante, on venait de découvrir le corps de deux personnes à la plateforme technique de la SNCF de Dijon : le vigile en charge de la sécurité et une blonde d'identité inconnue, juste la présence de sa moto de course sur les lieux du drame, mais aucun papier.

— Un flash info sans intérêt pour Mme Douglas, reprit le majordome, mais beaucoup plus pour moi lorsque j'ai reconnu à la télé le visage sans vie de « l'homme » de main de Faust, morte à quelques kilomètres de chez nous...

Tim et Alan restèrent interdits à cette révélation.

— Comme vous le voyez messieurs, vous étiez attendus.

La vieille femme venait de briser le silence puis hocha la tête, les lèvres pincées, en direction de son majordome.

— Et comme vous vous en doutez, poursuivit l'homme qui n'avait cessé de pointer le flingue sur eux, nous ne pouvons vous laisser vivants avec toutes ces informations…

Alan chercha une lueur de clémence dans le regard de la veuve, mais il ne rencontra qu'une terrible sérénité et un visage impassible, formant un tel contraste avec la situation que cela lui glaça le sang.

Il pensa à Tim et tenta le tout pour le tout.

— Vous avez tué mon frère pour du pognon. Vous n'en avez pas assez ? fit-il en embrassant de ses bras tout l'espace luxueux autour d'eux.

— On n'en a jamais assez, affirma Jérôme avec un entrain déplacé.

Madeleine Douglas lança un regard à son majordome, un regard sombre et pénétrant. Puis, elle regarda Alan et lui parla avec détermination.

— Je suis comme vous, je protège ceux que j'aime. Ces bijoux dans mon patrimoine, l'Etat en tirera un pourcentage à ma mort et le reste ira à ma fille. Volés, l'argent de l'assurance lui reviendra et l'argent de la revente pourra subvenir au besoin de « mon » Jérôme.

Elle illustra ses dernières paroles en posant affectueusement sa main sur la cuisse de son amant.

Tim fut le premier à briser ce silence gênant.

— Vous…et…vous ? fit-il en regardant alternativement l'un et l'autre avec une moue dégoutée. C'est pas…c'est pas…naturel.

— Tu vas voir ce qui est naturel : la mort ! menaça Jérôme, ses doigts contractés autour de la crosse de son arme jusqu'à faire blanchir ses phalanges.

Horreur, pensa Alan, *il va buter Tim, ça ne peut pas finir comme ça !*

— Cette relation déplait à ma fille également, fit Madeleine Douglas. Cette petite fille trop gâtée par son défunt père n'attend qu'une seule chose : me voir morte et récupérer l'ensemble de ma fortune, malgré toutes les sommes qu'elle avait reçues de sa part chaque mois. Son crétin de mari, qui n'avait ni talent ni fortune a trouvé le moyen d'avoir le premier pour obtenir le deuxième ; mais son incapacité naturelle a pris le dessus et il a englouti tout cet argent dans de sombres affaires vouées à l'échec. Tant que mon mari était encore en vie, il renflouait, tandis que moi…

Ses yeux se perdirent dans le vague.

— A la mort de mon époux, je lui ai coupé les vivres et elle n'est pas restée inactive. Oh, ça non !

— Elle vous a intenté un procès ? demanda Alan tant pour gagner du temps que par une sincère curiosité.

Madeleine Douglas émit un ricanement.

— C'est ce que feraient les gens « normaux » en effet, mais avec les sommes en jeu, les agissements ont tendance à s'éloigner de cette normalité.

Elle marqua une pause.

— Mon gendre a commandité un « assassinat ciblé », avec l'argent qui provenait de ma fortune, une ironie… Un homme, un tireur embusqué, armé d'un fusil de chasse à canon scié a fait feu à travers les vitres de mon véhicule avant de prendre la fuite en compagnie d'un complice. Heureusement, je n'ai été que très légèrement blessée – la radinerie de mon gendre n'a pu lui permettre de s'offrir les services d'un tueur compétent. Je n'ai rien dit à personne, mais j'ai embauché Jérôme pour me protéger et je vous assure qu'il veille très bien sur mon corps…

Alan avait peur que Tim ne fît une remarque désobligeante sur ce dernier propos, mais heureusement, il resta muet.

— Bien. fit Jérôme en s'extrayant de son fauteuil. Madeleine voulait vous donner la vérité que vous cherchiez tant. A présent votre curiosité est satisfaite, j'espère ?

— J'ai les réponses que je cherchais, répondit Alan sans desserrer les dents.

— Eh bien, j'espérais un peu plus de reconnaissance… Allez, levez-vous, il est temps de vous transformer en compost au fond du parc.

Les jeunes gens s'exécutèrent et le trio se mit en marche.

— Vous comprenez, reprit Jérôme, vous n'auriez pas montré cette photo me compromettant ou, mieux pour vous, vous l'auriez apportée à la police plutôt que de vouloir jouer aux justiciers, l'issue aurait été différente… Là, vous ne me laissez pas d'autre choix que de me débarrasser de vous, du disque dur du jeune homme, de mon joli portrait et cette affaire sera enfin classée.

— Mais un flic l'a en sa possession ! clama Tim.

— Quoi ! s'exclama Jérôme interloqué.

— Quoi ? interrogea Alan en écho.

— Lebreuil, le flic qui est passé à l'hôpital, il était là lorsque j'ai découvert que mon ordinateur avait filmé l'assassinat de ton frère. Ce n'était pas cette photo, on distingue bien moins les traits, mais il en a gardé une copie.

Jérôme eut un sourire de biais avant de se retourner vers sa patronne et maîtresse.

— Il est finalement un peu plus futé qu'on le pensait, hein ? Pas assez, puisqu'il a pu croire qu'on allait gober ça. Tu l'as entendu, Madeleine a été interrogée par la police, la presse relaye chaque information, chaque supposition et jamais personne n'a parlé de cette photo.

— C'est normal, il est le seul à avoir cette photo, justifia Tim avec le ton le plus naturel possible. Il m'a même demandé de ne le révéler à personne. Désolé Alan. Cette preuve n'était pas recevable car elle a été récupérée illégalement, il voulait mener sa propre enquête en parallèle, s'aider de cette photo et remonter jusqu'à…vous.

— Il est le seul à avoir cette photo, hein ?

Jérôme souriait franchement.

— Merci pour cette info, qui nous confirme que tu n'es pas le malin de votre duo de choc. Allons, reprenons notre balade champêtre.

Alan s'approcha de Tim et lui glissa à l'oreille :

— La première partie de ton intervention était pas mal, mais la deuxième…

— Je suis désolé Alan. J'aurais dû t'en parler avant.

— C'est pas grave. Ce flic, il a vraiment une photo ?

— Fermez-là vous deux, coupa Jérôme. Dirigez-vous vers la sortie !

Tim approuva de la tête. Alan se demandait si ce Lebreuil pourrait avoir mené son enquête assez rapidement pour les sauver, mais il fallait se rendre à l'évidence : leur heure était venue.

Une détonation.

Un cri de douleur.

Alan se retourna et vit Jérôme se tenir douloureusement la main droite, un filet de sang coulait entre ses doigts.

Son arme était par terre.

Une femme d'une cinquantaine d'années, portant un tailleur bleu clair, se tenait dans l'embrasure. Elle le menaçait à son tour d'un pistolet.

— Merci, fit Alan.

La femme le regarda en fronçant les sourcils ; ses cheveux blonds ramenés en chignon, dégageaient son visage sévère.

— Ne la remerciez pas trop vite, fit Jérôme grimaçant. Vos ennuis ne font que continuer. En pire.

Devinant l'interrogation d'Alan, la femme prit la parole :

— J'ai malheureusement peur qu'il ait raison. Madeleine, si tu nous présentais.

— Agnès…ma fille. Elle ne m'appelle « Maman » que lorsqu'il s'agit d'argent, fit la vieille femme froidement.

— Il ne fallait pas me couper les vivres à la mort de papa. Toi (elle s'adressait à Alan), ramasse ce flingue et toi (elle désignait Tim du canon de son pistolet), viens par ici.

Tim chercha le regard d'Alan qui lui fit comprendre que pour l'instant, il valait mieux obéir.

Une fois l'arme dans la main, Alan se tourna vers Agnès d'un air où il demandait quelle serait la prochaine étape. Elle se plaça au milieu du salon, tenant toujours Tim en joue.

— *Here's the deal* : tu descends ce cafard, fit Agnès en désignant Jérôme, puis ma mère ; et moi je t'abats ensuite. Légitime défense. En échange, ton pote peut rentrer chez lui avec la promesse d'une balle entre les yeux s'il parle.

— Vous savez, généralement je n'aime pas trop me mêler des histoires de famille, ironisa Alan.

— Vous en savez beaucoup trop et quel meilleur tueur que celui qui voulait se venger de la mort de son frère. Vous finissez votre vie avec la satisfaction de m'avoir rendu un grand service et mon offre est à prendre ou à laisser.

— Qu'est-ce qui me prouve que vous lui laisserez la vie sauve ?

Les yeux de Tim allaient d'Alan à Agnès au gré de leurs échanges. S'il tentait de conserver un visage impassible, la peur transpirait par tous les pores de sa peau.

— Rien, répondit la fille de la veuve Douglas. Mais nous sommes dans une impasse espagnole et je crains que vous n'ayez d'autres choix que de me faire confiance.

— Une impasse espagnole ? Comme dans *Le bon, la brute et le truand* ? Il n'y a que deux flingues ici, il en manque un.

— C'est là où vous vous trompez. Mon mari surveille l'entrée de la propriété et si ce n'est pas moi qui sors la première, il n'hésitera pas à tirer.

— Merci pour ce précieux renseignement, fit Alan. De notre côté, nous n'hésiterons pas à chercher une autre issue.

— Vous pensez sérieusement sortir vivant d'ici, demanda Agnès décontenancée par l'assurance de ce jeune homme.

— *Pourquoi pas*, pensa Alan.

— Cet incapable est ici ? coupa Madeleine Douglas en s'immisçant dans la conversation. Cette idée de te faire faire le sale boulot pendant qu'il est à l'abri est de lui je suppose ? Ton silence est éloquent ma pauvre fille.

Une lueur de colère passa dans le regard d'Agnès.

— Si je suis pauvre, c'est de ta faute et je ne suis plus votre fille depuis longtemps.

— Oh si tu l'es ! s'exclama la vieille dame. Pour l'argent, demande à ton mari pourquoi il a englouti le fruit de travail de toute une vie en quelques années… C'est par amour que j'ai préféré te couper les vivres. Ton père ne voulait pas voir la réalité de la situation.

— Ne dis pas de mal de papa ! Tu l'as remplacé par ce bellâtre…Une vrai couguar. Tu me dégoûtes.

— J'ai vu juste on dirait, dit Madeleine d'une voix très posée. Tu réponds à mes arguments par de la colère agressive, pensant me blesser. Seul l'argent t'intéresse. Tu es bien la disciple de ton mari.

Agnès écumait, ses doigts se crispaient sur la crosse de son arme. Et Tim était au bout du canon.

Madeleine exultait.

— Bute-la ! ordonna sa fille à Alan. Fais le ou c'est ton ami qui y passe.

Pour prouver le sérieux de sa menace, elle appuya l'arme dans le cou du jeune geek.

Alan leva les mains en l'air, le pistolet toujours dans sa main. Devant le regard étonné des quatre personnes qui se tenaient en face de lui, il expliqua son geste :

— Je refuse de tuer qui que ce soit. Pas comme ça. Vous devrez mettre vous-même les mains dans le cambouis si vous voulez votre sale pognon.

Agnès allait répliquer lorsque deux coups de feu partirent du flingue qu'Alan dirigeait vers le plafond.

Juste après avoir regardé dans cette direction, elle vit le lustre du salon s'écrouler sur elle.

Tim avait été surpris de ce semblant de résignation de son ami. Il avait levé les yeux en l'air et lorsqu'il avait vu ce gigantesque lustre, il avait compris.

Après les coups de feu, tout s'était passé comme au ralenti. Les centaines de verreries, branches et autres suspensions du luminaire avaient tremblé, s'étaient mises à scintiller dans cette chute verticale dont Tim avait pu s'extraire *in extremis*.

Le lustre s'était écroulé dans un vacarme terrible. A présent, un silence de mort régnait parmi les milliers d'éclats qui jonchaient le sol ; quelques étincelles jaillissaient des fils électriques arrachés lors de la chute. Le corps inerte d'Agnès gisait toujours sous l'immense structure de ce qui fut une merveille du savoir-faire artisanal. Tim se releva et dégagea les débris de verre qui étaient sur ses vêtements. Des coupures sur les mains et certainement sur le visage, tant une multitude de douleurs aigües le lançaient à cet endroit.

Après qu'Alan se fut enquit de son état, il pointait l'arme sur Jérôme, qui se dirigeait vers Madeleine.

— La donne a changé. C'est moi qui ai l'arme et vous qui obéissez. Jérôme, vous allez nous dire comment sortir de là, autrement que par l'entrée principale. Vous avez compris ?

Jérôme, tout en évaluant ses blessures conséquentes à l'effondrement du lustre, hocha la tête, à contrecœur.

— Madame Douglas, vous avez compris ?

Elle ne répondit pas mais les fixait d'un œil morne.

Puis, un filet de sang s'échappa de sa bouche.

— Madeleine ! cria Jérôme en se précipitant vers son amante.

Les pas de Tim crissant sur le verre au sol, rendirent la scène encore plus lugubre.

Jérôme posa une main affectueuse sur le flanc de la veuve Douglas. Après qu'il eut sentit une chaleur inhabituelle, il écarta le pan de sa robe et observa une large tâche de sang s'agrandissant à une vitesse folle.

Le majordome approcha son oreille de la poitrine de Madeleine, ce n'était plus une respiration qui en sortait, mais un râle.

Il se retourna vers la scène qui s'était déroulée quelques minutes auparavant.

Lorsque le lustre s'était décroché du plafond, une peur panique prit Agnès : elle ne pouvait plus se déplacer, comme paralysée. En une fraction de seconde, elle avait senti sa vessie se vider entre ses jambes et, dans un ultime réflexe, elle trouva la ressource d'actionner la détente de son pistolet. Dans le fracas de la chute, personne n'entendit le coup de feu.

La balle se trouvait fichée dans le corps de Madeleine, Jérôme tentait de comprimer la plaie mais la vie quittait inexorablement la vieille femme. Son poumon siffla une dernière fois, puis plus rien.

Jérôme hurla de chagrin, son regard allait vers Tim, vers Alan puis de nouveau sur le lustre à terre, sous lequel gisait Agnès. Il abandonna son amante avant de se diriger vers le cadavre de sa fille. Tim interrogea Alan du regard sur ce qu'ils devaient faire à présent, ce dernier n'avait aucune réponse à lui donner.

— Tout ça c'est de votre faute à tous… fit Jérôme entre ses dents, le visage toujours penché au-dessus du corps d'Agnès.

— …et vous allez me le payer !

Il brandissait à présent le revolver de la fille Douglas, ses yeux étaient injectés de haine.

— Ne faites pas ça, riposta Alan en visant à son tour avec le revolver, où je tire.

— Crève ! lança Jérôme enjambant les débris du lustre et fondant sur eux.

Alan pressa la détente.

24

Clic. Clic. Clic.
Rien ne se produisit.
Le chargeur d'Alan était vide.

Il n'y avait plus rien d'humain dans le regard de Jérôme. Alan restait pourtant figé, l'arme inutile en main. Le majordome chargea le semi-automatique, stabilisa l'arme avec sa deuxième main et fit feu.

Tim, voyant qu'Alan ne réagissait pas s'était précipité sur lui dans le même temps où la détonation claqua dans le grand salon.

Elle résonnait encore lorsqu'Alan vit quelques bourres s'échapper du blouson de Tim et que ce dernier s'écroula tandis que lui-même tombait, entraîné par sa chute.

— Tim, non !

Alan se trouvait au milieu d'une scène surréaliste où son compagnon de route depuis plusieurs heures venait de tomber sous la balle du meurtrier de son frère.

Jérôme tirait lentement la glissière de son pistolet afin de le recharger, mais les jambes d'Alan demeuraient toujours immobiles.

Cible à terre pour le viseur de Jérôme, la vengeance avait changé de camp et s'apprêtait à accomplir son œuvre macabre.

Pétrifié – ou était-ce une résignation inconsciente de la part du jeune homme qui se punissait d'avoir impliqué Tim dans cette tuerie –, Alan attendait la mort.

Il crut lire « Meurs ! » dans le regard du majordome et alors que ce dernier allait tirer, une détonation provenant de l'extérieur interrompit son geste.

Des policiers en uniforme s'engouffrèrent par la porte donnant sur le jardin – dont la serrure était explosée, conséquence du bruit provenant du pistolet d'un des flics.

Leurs armes de service étaient à présent braquées sur la scène qui se jouait devant eux.

Jérôme aurait voulu abattre Alan, quitte à se faire descendre ensuite, mais un policier fondit sur lui avant qu'il pût tirer.

Un des policiers s'adressa à son talkie-walkie, annonçant que la zone était à présent sécurisée et qu'il fallait dépêcher des secours d'urgence car il y avait plusieurs victimes.

Alan se précipita vers Tim, sans se soucier des canons des gardiens de la paix pointés dans sa direction.

De l'agitation, des échanges entre policiers et un jeune homme au chevet d'une personne allongée était le tableau dont fut le témoin la personne en civil, portant le brassard orange « Police », lorsqu'il pénétra dans la maison.

Le flic au talkie-walkie se dirigea vers lui et l'amena auprès d'Alan.

— Alan Massal ? demanda le flic au brassard.

Le jeune homme acquiesça et leva le visage, les yeux rougis, vers celui qui l'avait interrogé.

— Il respire, lâcha-t-il.

— Capitaine Lebreuil. Les secours seront bientôt sur place.

D'un mouvement du menton, Lebreuil indiqua à ses collègues qu'ils pouvaient arrêter de surveiller Alan et qu'il en prenait la responsabilité.

Le corps de Tim sembla soudain pris de tremblement.

— Parle-moi ! Parle-moi ! s'exclama Alan.

— Faites attention en le manipulant, fit Lebreuil, si la moelle épinière a été touchée…

Tim émit un toussotement, ses membres s'animèrent et ouvrit grand la bouche comme pour chercher l'air.

— Comment…comment est-ce possible ? bafouilla Alan.

Après quelques moments, Tim put articuler péniblement :

— Clint Eastwood.

— Qu'est-ce qu'il a dit ? s'enquit Lebreuil.

— Clint Eastwood, répéta Alan avec étonnement.

Puis, comme frappé par une évidence, il tâta son blouson à l'endroit où la balle était rentrée.

La console portable !

De la poche intérieure du blouson, Alan en sortit la console de jeu, la coque fendue de toute part, l'écran complètement explosé, la balle ayant stoppé sa course avec les différentes strates de composants et cartes électroniques.

— C'est plus *Pour une poignée de dollars* que *Le bon, la brute et le truana* ! ironisa Alan, soulagé que Tim fût vivant.

— Grave, fit le jeune homme en toussant. Aïe, ça fait mal de rire.

— Je vous avais pas dit qu'on le coincerait ce fils de pute ? dit Lebreuil à l'attention de Tim.

Ce dernier sourit et ferma les yeux.

Alan interrogea le policier du regard : la pression était à présent retombée, il voulait en savoir plus sur les évènements qui venaient de se jouer.

Lebreuil allait parler mais l'arrivée des secours le stoppa.

La scène était balisée des rubans jaunes que l'on apercevait dans les séries télévisées, les deux corps attendaient l'arrivée du légiste, Jérôme partit menottes aux poignets et Tim partit sur une civière.

Lebreuil prit Alan par le bras et l'emmena en dehors de toute cette agitation policière. Ils arrivèrent dans la cuisine, qui transpirait également le luxe, des murs au mobilier.

Le policier se servit un café depuis la cafetière expresso qui trônait sur l'îlot central – non sans avoir cherché comment l'utiliser en l'observant –, puis en proposa un à Alan, qui accepta.

Se « délectant » avec une grimace du noir breuvage qui le maintiendrait éveillé lors de tout le futur bordel administratif, Lebreuil entreprit de reprendre son récit avorté.

— Par où commencer…soupira le policier. Paul Fournier.

Devant l'air étonné de son interlocuteur, le flic poursuivit.

— Paul Fournier, le vieil homme dans l'immeuble voisin de celui de Timothée Soler et qui a été agressé par les membres des Raies Manta. Vous l'avez également rencontré.

— Ah lui, oui… fit Alan ne pouvant réprimer un sourire à l'évocation de ce vieux réac'.

— Je vois que vous vous souvenez de lui…Bref, il appelle notre commissariat et porte plainte. Un appel comme il y en a malheureusement tant d'autres, sauf que Bertrand, le lieutenant qui bosse avec moi, a relevé la présence d'un gang avec une raie au dos de l'un des blousons, tous rouges bien sûr, et a trouvé étrange cette coïncidence d'adresse avec l'unique « témoin » du meurtre de votre frère.

Il marqua une pause, comme pour évaluer la réaction d'Alan et but une gorgée de café.

— Le flic que vous avez vu dans la salle là-bas (du pouce il désigna le salon derrière lui) qui a appelé les secours, Droux, vous a vu passer devant chez nous à moto. Deuxième coïncidence. Il s'est lancé à votre poursuite, avec un léger retard et n'a pas pu vous rejoindre. Jusqu'à chez Robert Fayard.

— S'il n'a pas pu nous rattraper, comment savez-vous que…

— Pendant que Bertrand et moi nous rendions visite à votre ami réac', nous sommes tombés – littéralement – sur un pote de Tim. Un sacré geek lui aussi. Nous avons fouillé son ordinateur et il a pu extraire la photo que vous aviez imprimée.

Il observait le visage d'Alan.

— Le visiteur de l'hôpital au blouson rouge, le meurtrier de votre frère. Jérôme Liétard, qui est entre les mains de mes collègues pour l'instant.

Comme Alan ne répliquait toujours pas, Lebreuil prit son silence pour un assentiment à poursuivre son récit.

— La photo a bien sûr été envoyée à nos services et un résultat est très vite apparu. Notre homme avait déjà un peu trempé dans tout, mais certains de nos contacts de la Brigade Contre le Cambriolage l'ont formellement reconnu, cherchant à écouler des bijoux dans la région. Ils l'avaient aiguillé sur l'insaisissable Robert Fayard, plus connu par le nom de Faust dans ce milieu ne concernant pas la musique. Mais je ne vous apprends rien.

— Ah bon ? fit naïvement Alan, dont les narines se dilatèrent à cette insinuation, souhaitant dissimuler toute réaction au policier.

Lebreuil termina son café, grimaça à cause du goût du fond de sa tasse et la reposa.

— Nous n'avions pas de mandat de perquisition, mais nous n'avons même pas eu besoin de rentrer dans la propriété : des traces de pneus correspondant à une motocross, des traces de sang dont le groupe sanguin doit correspondre au vôtre (Il jeta un œil en direction de la jambe blessée d'Alan.). C'était aussi clair que si nous avions assisté à ce qu'il s'était passé.

Alan posa sa tasse à son tour.

— Appeler ou se rendre dans les hôpitaux du secteur, diffuser la photo de Liétard un peu partout... Nous ne sommes pas restés inactifs. Alors que nous étions à la recherche d'un homme — et de Tim et vous —, un appel nous a rencardé sur une femme. Pas dans notre région, mais ici, à Dijon.

Un infirmier de la clinique des Monts de l'Ouest venait de voir aux infos ce qui ressemblait à un double homicide à Dijon, où l'une des victimes ressemblait fortement à une jeune femme blonde qu'il avait vue quelques heures plus tôt, dans son hôpital. A deux cents kilomètres. Pour rendre visite à un jeune homme à moto, blessé « d'un bout de métal » (Le policier mima des guillemets.), mais que le personnel hospitalier avait formellement reconnu comme une blessure à l'arme blanche.

Alan regarda le policier avec un air de défiance.

— Un sacré bordel là-bas, reprit le policier.

— Et cela vous a conduit ici ? demanda innocemment Alan.

— Avant de mourir, la jeune femme blonde avait blessé mortellement l'agent chargé de la sécurité du site, avec un poignard. Une vraie spécialiste de l'arme blanche.

— C'est effectivement une femme blonde qui m'a fait cette blessure lorsque nous nous enfuyions de chez Faust, admit Alan. J'ignorais qu'elle était à nos trousses.

— C'est possible, concéda Lebreuil. Toujours est-il que ceux qui épluchaient l'affaire de la veuve Douglas, avec toutes sortes de documents possibles ont tiqué lorsqu'ils ont su que le double homicide avait eu lieu à Dijon. Dans la liste de son patrimoine, la vieille femme possédait bien une demeure et plusieurs personnels y étaient affectés. Nous n'avions pas pensé les interroger pour un cambriolage survenu à plusieurs centaines de kilomètres et nous aurions dû.

Alan l'encouragea à poursuivre.

— Jérôme Liétard figurait dans la liste du personnel…Nous souhaitions l'appréhender, mais si vous aussi vous vous trouviez dans le coin, nous voulions intervenir avant un carnage et un règlement de compte pour vous éviter d'être tués ou de passer le reste de votre vie en prison, compte tenu de votre passé. Nos services ont contacté la police locale pour coordonner l'opération pendant que nous faisions le trajet. Je vois que nous sommes arrivés à temps.

Alan le remercia d'un coup de menton.

— Tout n'est pas encore fini, il faudra enregistrer vos dépositions, les aveux des autres protagonistes, continuer les investigations. Vous allez être très sollicité comme vous vous en doutez…

Alan pensait à son frère que tous ces morts ne lui rendraient pas. La crainte d'une condamnation ne faisait pas partie de ses préoccupations.

La gorge asséchée par son récit, Lebreuil se servit un nouveau café « au frais de la veuve Douglas ».

— Vous parliez d'un film à la Eastwood, reprit le policier en souriant, on nage plutôt en plein Hitchcock. Une fausse accusation, des courses-poursuites, échapper à la police…on a même le MacGuffin avec le produit de ce cambriolage, prétexte à toute cette histoire – même si votre motivation était tout autre. Il ne reste plus qu'à attendre que Liétard veuille bien nous indiquer l'endroit où il se trouve. Et ça…

— Hitchcock !! Bien sûr, s'exclama Alan, frappant du poing la paume ouverte de son autre main.

Lebreuil montra son étonnement.

— Suivez-moi, indiqua Alan tandis qu'il se dirigeait vers le salon.

Le policier lui emboîta le pas.

Lorsqu'ils pénétrèrent dans la grande salle, les corps de Madeleine Douglas et de sa fille avaient été déplacés, mais les traces de ce qui s'y était déroulé étaient toujours présentes, dont la carcasse du lustre, qui se répandait sur le sol. Squelette de cristal et de métal.

Alan se dirigeait à présent vers les rubans délimitant la zone réservée à la police et comptait bien passer au-dessous. Un policier l'interpela et allait pour s'interposer.

Lebreuil lui fit signe qu'il gérait le problème mais demanda une explication à Alan. Rapidement.

— *Family Plot*, « Complot de famille » en français… s'enthousiasma Alan. Le dernier film d'Alfred Hitchcock.

Devant l'air incrédule de l'assistance, il poursuivit.

— Vous ne l'avez jamais vu ? À la fin du film, on retrouve les diamants. Là !

Alan désignait l'épave du lustre qui gisait au sol.

Alan marchait dans le parc de la propriété, sans vraiment se soucier de la verdure qui l'entourait, téléphone sur l'oreille. Lorsque la conversation fut finie, il avait un mélange de mélancolie et d'espoir dans son regard.

— Alors ? le questionna Lebreuil en venant dans sa direction.

— Tim va bien, très bien. Il commence même à demander s'il pourra se faire rembourser sa console portable.

Il tendit le smartphone à l'Inspecteur.

— Merci de m'avoir permis de passer un coup de fil avec votre téléphone.

— Et pourtant quelque chose vous contrarie… fit le policier.

— Je l'ai entraîné là-dedans. Il y a eu des morts et il aurait pu en faire partie.

— Ce qui est fait est fait. Nous allons avoir besoin de vous pour votre déposition. Ne dîtes pas qu'on vous a laissé toute cette liberté, sinon ça va me retomber dessus.

Sur le chemin vers le portail, Lebreuil entraîna Alan par l'épaule, un peu à l'écart de l'allée.

— Une dernière chose. Vous qui êtes quelqu'un de très logique et qui m'avez l'air plutôt intelligent, vous pourrez peut-être m'aider dans le déroulement des évènements survenus au centre technique de Dijon.

Alan marqua une micro pause dans sa marche, imperceptible – en apparence – pour le policier qui le fixait à présent.

— L'agent de sécurité a été mortellement blessé à la gorge par le poignard lancé par cette tueuse, la rotonde se met en marche, la femme tombe et si dans un premier temps elle n'est pas blessée, elle se relève et la rotonde la heurte et explose son crâne. Problème, lorsque la police est arrivée sur place, la rotonde était arrêtée.

Alan stoppa. Il faisait tout pour masquer le mal-être croissant qui montait en lui.

— Une coupure de courant, un relais électrique qui saute… Les causes matérielles ne manquent pas.

— Les causes humaines si. Aucune empreinte sur le pupitre, aucune trace, rien. Comme si ça venait d'être nettoyé.

Le jeune homme se sentait transpercé par le regard du policier.

Ce dernier poursuivit :

— Je vais vous expliquer l'orientation que va prendre notre enquête, vous concernant : la mort de votre frère, son accusation par la police et les médias… Je comprends ce que vous avez pu ressentir à cause du préjudice que vous avez subi. Que vous manifestiez de la colère, O.K. mais face à un procureur, il entendra « vengeance » lorsque vous lui parlerez de justice ; il retiendra « assassinat » si vous évoquez, au pire, une exécution. Vous n'êtes peut-être pas au courant, mais la peine de mort a été abolie en 1981 en France.

— Je suppose que pour mener toute cette investigation, à commencer par la déposition d'un témoin, ami de Tim, chez lui, vous aviez déjà une commission rogatoire ?

Acculé, Alan venait d'abattre son unique carte et soutint le regard du flic.

— Une CR. Bien sûr que j'en ai une, affirma le policier qui venait de porter une allumette à sa bouche. Du moins, j'en aurais bientôt une… et vu que l'issue de toute cette affaire est heureuse – on a même retrouvé l'objet du « cambriolage » –, je n'aurais aucun mal à en obtenir une antidatée de la part d'un commissaire qui confirmerait son poste de divisionnaire avec la résolution de cette enquête.

Alan bouillait. Il ne comprenait pas que le nombre de cadavres pût représenter une *happy end*, pour qui que ce fût.

— Je sais que vous n'aimez ni mon ton, ni mes méthodes, mais ne vous inquiétez pas pour la suite. Grâce à vous, nous avons pu résoudre cette enquête et agir légalement avant que vous ne commettiez une connerie en cherchant une vengeance inutile et stupide.

Le jeune homme allait ouvrir la bouche mais Lebreuil le devança.

— Je suis la seule personne à avoir recueilli le témoignage de l'infirmier, je ne l'ai consigné nulle part, une vieille habitude qui m'a déjà permis d'avoir un coup d'avance par la suite : on pourra toujours relier cette femme retrouvée morte à Faust par la suite. J'oublie l'appel de l'infirmier, vous oubliez la petite entorse chronologique et administrative. Qu'en dîtes-vous ?

Alan prit le temps de réaliser ce que le flic lui proposait et alors qu'il allait lui manifester un geste de gratitude, Lebreuil stoppa son entrain d'un geste d'une main, tandis qu'il manipulait son téléphone de l'autre :

— Je dois vous laisser à présent, avant que je reçoive les lauriers de la part de ma hiérarchie, je dois rappeler une infirmière que j'ai rencontrée au début de tout ce bordel. Elle a un sale caractère, mais elle est…charmante.

Il adressa un clin d'œil à Alan avant de lui tourner le dos et de porter le téléphone à son oreille.

Epilogue

Une semaine après les évènements survenus dans la demeure secondaire de Madeleine Douglas, qui avait vu la résolution de l'affaire du cambriolage portant son nom, était – sinon sur toutes les lèvres – sur tous les écrans.

A l'écart de ce tumulte médiatique, seule la pluie battant les dalles de granit ou de marbre rythmait le silence des « locataires » du cimetière de la ville.

Au milieu de ces dernières demeures, Alan se tenait debout. Face à une stèle où figurait, sur des lettres fraichement dorées, le nom de son frère.

Bruno.

Durant les jours qui s'étaient écoulés, le capitaine Lebreuil l'avait tenu informé de l'avancée des conclusions de l'enquête de flagrance. Concernant le cambriolage, la culpabilité de Madeleine Douglas et son compagnon, Jérôme Liétard avait parfaitement été établie. La responsabilité des différents homicides avaient été correctement distribuée.

Seule la mort de celle qui s'appelait Natasha Bertani, comme sa présence et ses motivations au Technicentre de Dijon, restait d'abord inexpliquée pour les enquêteurs de la ville ; mais l'Inspecteur avait pu les orienter vers sa propre affaire. Sans jamais mentionner le témoignage de l'infirmier, il avait produit les dépositions de Jérôme Liétard, Timothée Soler et Alan Massal qui concordaient : Natasha Bertani était chargée de la protection rapprochée du dénommé Robert Fayard, alias Faust.

Lebreuil avait enfin pu obtenir un mandat au domicile de Faust, s'il ne pensait pas y trouver un agent de sécurité au visage en grande partie découpé et agonisant dans une des salles en sous-sols de la demeure, de nombreuses pièces à conviction avait été saisies et le flic comptait bien les faire parler.

Tim, qui recouvrait la santé à l'hôpital, et Alan ne seraient pas inquiétés.

Bruno allait être réhabilité.

— Voilà. C'est fini p'tit frère. Les parents n'auront pas à avoir honte de toi.

Alan fixa de nouveau le nom de son frère gravé dans le granit, avec ces deux années beaucoup trop proches l'une de l'autre.

Ce n'était pas dans l'ordre des choses.

Au-dessus de cette épitaphe, les noms de leurs parents, dont la dorure des lettres avait terni sans que la douleur de leur perte cinq années auparavant dans un accident n'en fût altérée, comme s'ils veillaient sur leur fils.

Une larme roula sur la joue d'Alan, qui leva les yeux au ciel et murmura :

— Papa, Maman, vous pouvez êtes fiers de vos fils.

Remerciements

A Mélanie, pour sa correction de lectrice,

A Emma, pour sa correction d'auteur,

Je tiens à vous remercier pour le travail de grande qualité que vous avez accompli lors de vos lectures, l'apport de votre ressenti et la pertinence de vos remarques, qui ont permis de corriger, modifier et enfin de donner à ce récit la forme sous laquelle il se présente aujourd'hui.

Je tiens à exprimer toute ma gratitude aux personnels hospitaliers qui accomplissent leurs tâches avec un grand professionnalisme et toutes leurs qualités humaines, afin de soigner, soulager, accompagner les patients dans ces moments qui sont leur quotidien à un moment de leur vie…Un merci particulier à ceux que j'ai pu côtoyer, en tant que patient, pendant quelques jours.

Je présente mes excuses aux services restauration des centres hospitaliers qui, par le truchement du capitaine Lebreuil dans ce récit, s'est moqué des préjugés sur la nourriture à l'hôpital (celle que j'ai pu manger était très loin de ce que j'ai pu ingurgiter aux selfs scolaires « à l'époque »…)

Et enfin, un immense merci à vous lectrices, lecteurs, sans qui ces histoires resteraient au fond de mon ordinateur – ou au fond de ma tête – et je n'aurais pas le plaisir de les partager, et d'échanger, avec vous.

Actualités de l'auteur

Blog : http://www.slog.fr/yannjulien
Site Internet : http://www.yannjulien.com
Facebook : http://www.facebook.com/yannjulien.auteur
Twitter : http://twitter.com/#!/YannJulien